氷室教授のあやかし講義は月夜にて

古河 樹

富士見L文庫

目次

プロローグ――春、星の夜に――

大学に入ったら新しい日々が始まると思っていた。

何も華やかなものじゃなくていい。親しい友人が何人かいて、サークルやアルバイトに励んで、試験前にはちょっと慌てながら勉強して、そんなよくある穏やかな日常を送れたらと思っていた。

なのに、まさかこんなことになるなんて……っ。

激しくせき込み、神崎理緒《かんざきりお》は胸を押さえて痙攣《けいれん》する。

やや線が細く、色素の薄い少年だった。今の格好はお気に入りのシャツにジーンズ。新生活のためにわざわざ買ったのに、今やどちらも赤く汚れてしまっている。

ここは霧峰《きりみね》大学の中央棟一階エントランス。昼間は学生や教員が行き交っている場所だが、時刻は深夜。常夜灯が頼りなげに点《つ》いているだけで薄暗く、誰かが通りかかってくれる気配もない。

指先が次第に冷たくなり、意識も朦朧《もうろう》とし始めた。死が刻一刻と迫っている。

どうしてこんなことになったのか、自分を襲ってきたアレは一体なんだったのか、何一

つわからない。そして何より、

「僕の人生は、もう……終わり……？」

死を前にして、虚《むな》しさと哀《かな》しさが溢《あふ》れてきた。

まだ何一つできてない。

友達もサークルもアルバイトも勉強も、やっと叶《かな》った一人暮らしでさえ、まだほとんどできていない。このまま死んでしまったら、自分がなんのために生まれてきたのかすら分からない。

「いやです……」

床を這《は》いずるようにして、震える手を伸ばす。

「まだ死にたくありません……」

無人のエントランスに切実な声が響く。

しかし、少年のか細い祈りは誰にも届かない。

――はずだった。

「救いの手が必要か？」

ふいに聞こえたのは、氷のように冷たい声。

中央棟には『ガラスの階段』と呼ばれる、キャンパス内の名所がある。著名な建築デザイナーによって設計された階段は文字通りのガラス製で、オープンキャンパスや学園祭の際には華麗にライトアップされ、七色の輝きを見せてくれる。

今はかすかな常夜灯しか光源がなく、その美しさは鳴りを潜めていた。

だが天窓の向こうで雲が流れ、ふいに星灯《あ》かりが差し込んだ。折り重なったガラスが星の光を幾重にも反射し、まるで天の川のような光景を作り出す。

その『ガラスの階段』にひとりの男性が座っていた。ほんの一瞬前までは誰もいなかったはずなのに。

「ああ、ひどく驚いているな。声に出さずとも表情でわかる。なに、恥じることはない。そういうものだ。初めて本物と邂逅《かいこう》した時、人間は誰しもが驚愕《きょうがく》し、驚嘆する。その圧倒的存在感と、己の矮小《わいしょう》さを自覚してな」

男性は非現実的なほど整った容姿をしていた。

まず目を奪われたのは、黄金を溶かし込んだような鮮やかなブロンド。青い瞳《ひとみ》はどこまでも澄んでいて、見ているだけで吸い込まれそうなほど深く、美しい。

着ているスーツは一目でわかるほどの高級品で、包まれた手足はすらりと長く、階段で優雅に足を組んでいる。

男性は自分の膝《ひざ》で頬杖《ほおづえ》をつき、倒れた理緒を見下ろしていた。

「見たところ、邪悪なモノに遭遇し、興味本位で近づいて襲われたといったところか。まったく、なんという愚かさだ。人間とは本当に度し難い。しかし喜べ、この私はとても寛容で慈悲深い。お前の命の火は消えかけているが、助かる道を与えてやろう。なに、気にするな。高貴なる者の義務《ノブレス・オブリージュ》というやつさ。高貴な者には常に愚か者たちを導く義務がある」

青い瞳がすっと細められる。

「選べ。人のまま死ぬか、人をやめて生き延びるかだ」

向けられたのは、温度のない笑み。

多量の出血によってすでに頭が朦朧としていて、告げられた言葉の意味はほとんどわからなかった。それでもかすかな意識が疑問を投げかける。

「……人間を……やめる……？」

それはどういう意味なのだろう。理緒は胸の傷を押さえて呻《うめ》く。自分を襲ってきた何者かといい、目の前の男性といい、わからないことばかりだ。

「迷っている時間はないぞ？」

目の前の笑みに愉悦の色が混じる。

スーツの下、ベストのポケットから銀色の懐中時計が取り出された。リューズを押して蓋《ふた》を開き、青い瞳が文字盤を見つめる。

「出血量からすると、お前の命は保《も》ってあと五分というところだ。その間に決めるがいい。人間として不運な一生を終えるか、それとも私の眷属《けんぞく》として新たな生を得るかをな」

やはり言葉の意味はわからない。もう考える力が残っていなくて、切実な願いだけがただこぼれた。

「僕は……」

震えながら言葉を紡ぐ。

「ちゃんと生きたいです……。誰にも迷惑を掛けず、自分の力でちゃんと……穏やかな日常を……」

大学に入ったら新しい日々が始まると思っていた。でもそんな希望は儚《はかな》く崩れ、唐突にすべてが終わろうとしている。受け入れ難《がた》い理不尽に抗《あらが》いたくて、理緒は必死に手を伸ばす。

「まだ終わりたくないです……」

目の前にいるのが何者なのかもわからないまま、縋《すが》った。

「なんでも……します。だから僕を助けて下さい……っ」

「はっ」

吐息のような笑いがこぼれ、直後、『ガラスの階段』に確かな哄笑《こうしょう》が響き渡った。

「この私に希《こいねが》って、求めるものが『穏やかな日常』とは！　死の淵《ふち》に瀕《ひん》してなんという矮小さか。しかし面白い。人間というものはこうでなくては。——気に入った！」

タンッ、と革靴の音が高らかに響いた。

男性が立ち上がった途端、コウモリのようなものが無数に現れ、一斉に空へと舞い上がる。

天窓からは今も星灯かりが降り注ぎ、『ガラスの階段』の反射によって無数の光が瞬《またた》いていた。天と地で星が輝き、黒き羽が空をゆく、まるで夢のような光景。

目の前でジャケットの裾《すそ》が舞い、白く美しい手のひらが差し伸べられた。

「来るがいい」

彼は言った。

冷たい口調のなかにわずかな温かさを垣間見《かいまみ》せて。

「──お前を新しい世界へ連れていってやろう」


星の瞬く、春の夜。

こうして神崎理緒は『人ならざるモノ』の手を取った。

その果てにどんな後悔が待つのかを知る由もなく、少年はまだ見ぬ世界の扉を開く。

第一章　森で待つモノ

春の麗《うら》らかな日差しが窓から差し込んでいた。

新入生の眠気を誘うには十分な温かさだったが、今日の講義は人気の教授が教鞭《きょうべん》を執っていて、大教室のなかには睡魔に襲われているような不届き者の学生はいない。

ただひとり、神崎理緒《かんざきりお》を除いては。

「眠くない、眠くない、眠くなんてありません……っ」

せっかく始まった大学生活だ。奨学金とはいえ、高い授業料も払っているから講義はちゃんと受けていたい。

しかしどうしても頭がグラついてしまい、理緒は自分の太ももを抓《つね》って耐えていた。

座っているのは大教室の窓際の席。朝は曇っていたのに、まさか講義が始まると同時に晴れてくるなんて、完全に油断していた。麗らかな日差しが残酷なまでに眠気を誘ってくる。

理緒は日光に弱かった。気を張っている時ならばなんでもないが、ぼんやりしている時に長時間当たっていると、どんどん体の力が抜けていき、意識が微睡《まどろ》んできてしまう。つまりはやたらと眠くなってしまうのだ。

もちろん人間、誰しもそうではあるのだが、理緒の場合、眠らないためには人の数倍の忍耐力が必要になる。午後の講義の日当たりのいい席など、端的に言って地獄だった。

こんなことなら思い切って最前列にでも座ってしまえばよかった。

己の失態を嘆きつつ、教壇の方を睨《にら》んで必死にノートを取る。

霧峰《きりみね》大学、十二号館の大教室では海外民俗学の講義が行われていた。

扇状に広がった階段式の座席はほぼ満員。どんなに人気の講義でも空席はいくつかあるものだが、この講義に限っては毎年、満員御礼《おんれい》なことで有名だった。

理由は講義を行っている教授。

彼が学生たちから絶大な人気を誇っているためだ。

「さて、私の講義も今日で二回目だ。ここで今一度、『海外民俗学』というものについて触れておこう。何事も考え方の基礎というものは重要だからな」

自信に満ち溢れ、聞く者の心を震わせるような声だった。マイク越しでも声の美しさはまったく変わらず、百人近い学生たちを魅了している。

壇上に立っているのはヨーロッパからの客員講師、氷室《ひむろ》教授。

本名はレオーネ＝L＝メイフェア＝氷室。

外国人だが言葉は流暢《りゅうちょう》で、黄金を溶かし込んだようなブロンドは陽光に輝き、高級なスーツに包まれた手足はすらりと長い。

日本にきたのはほんの数年前ということだが、なぜか『氷室』という日本的な苗字《みょうじ》を名乗っていて、教授本人もそちらの名で呼ばれることを好んでいる。

青い瞳は知性の光を湛《たた》え、彼が立って動いているだけで大教室の講義がまるで映画のワンシーンに見えてくる。

……というのが学生たちからの評価だったが、理緒としてはなんとも異論を挟みたくなる評価だった。あの人はそんな素敵な人物ではないんですよ、と声を大にして言いたい。

皆、氷室教授の本性を知らないのだ。

そんな教授の声がマイクによって大教室に響く。

「『民俗学』といえばやはり皆、真っ先に柳田國男《やなぎたくにお》や『遠野物語』を連想することだろう。おそらくは語呂《ごろ》も相まってなのだろうが、民俗学を日本固有の学問だと思っている学生は非常に多い。しかしこれは大いなる誤解というものだ」

口調こそ尊大だが、外国人であるというワンクッションと恵まれた容姿が相まって、氷室教授は『まるで貴族か王様みたい』と学生たちにはウケがいい。

「民俗学――英語圏で『Folklore《フォークロア》』と呼ばれるこの学問は世界中に存在している。それぞれの国が自国の生活文化や民間伝承を相対的に研究、系統化しているということだ。たとえばアメリカ民俗学では1877年トマス・エジソンの蓄音機開発を契機にして、民間の伝承や歌を積極的に音声保存する動きが活発化した。ドイツ民俗学では哲学者ヘルダーの民話提唱から始まり、神話としての『グリム童話』が学術的に重要な位置にある。そう、諸君らもよく知る『赤ずきん』や『ヘンゼルとグレーテル』のグリム童話だ。ドイツでは日本における『遠野物語』と似たような位置に『グリム童話』がある。そう考えると、とても興味深いとは思わないか？」

青い瞳が大教室を見渡すと、学生たちは各々頷《うなず》きを以《もっ》て応《こた》えた。

「結構。海外の民俗学と比較して、日本の民俗学は今、大きな問題を抱えている。それは携帯電話の開発と同じく、民俗学のガラパゴス化だ。この国の民俗学は国内の専門性に特化している一方、海外との比較性が低いことが度々指摘されている。学生である諸君に海外民俗学の認知がまだまだ進んでいないことがいい例だな。現在、欧州圏では各国の民俗学を『ヨーロッパ民俗学』として統合する動きが進んでいる。客員教授としてこの国にやってきた私としては、日本の民俗学にはぜひアジアや世界圏での比較発展を望みたい。もちろん私自身も力を尽くすつもりだ。そのためにこうして教鞭を執っている」

そこでだ、と氷室教授は一拍置く。

「この講義では諸君に海外民俗学の概要を伝え、同時に日本民俗学との比較研究を行っていく。今日の内容は前回に引き続き、民俗学における『森』についてだ」

理緒は眠気を堪《こら》えながらノートに『民俗学における森について』と書き、アンダーバーを引く。
「古《いにしえ》より『森』は人間にとって神秘と深淵《しんえん》、そして未知への畏敬《いけい》に彩られてきた。これは日本でも海外でも変わらない。『遠野物語』では『人の往来無き、山奥』を進んだ先にマヨイガがあると語られ、シェイクスピアの戯曲においては『深き森』のなかに妖精《ようせい》たちの王国がある。人間にとって『森』とは人ならざるモノたちが住まう、最も身近な別世界の一つと言えるだろう。さて、ではここでヨーロッパにおける『森』の神格化の変遷を見てみよう」

教授がリモコンを操作し、あらかじめ配られていたレジュメがプロジェクターに映される。

「中世において、人々は城壁に囲まれた都市に住んでおり、壁の向こう——森のなかには悪魔が住んでいると信じていた。ところが11世紀に入って大開墾時代が始まると、森は切り拓《ひら》かれ、未知の闇に光が当たり始める。この開墾運動は『自然を征服せよ』という理念によって推し進められたものだった。妖精や悪魔といったものを非現実とする、近代化思想の産声《うぶごえ》というわけだ」

教授の講義は流れる水のように進んでいく。

理緒は太ももだけでなく、ペンを持つ指に爪を立てて眠気を堪えていたが、ついに限界がきてカクンッと頭が下がった。

その瞬間、名指しをされた。

「では学生番号22N７６８９番、神崎理緒」

「――っ!? は、はい！」

驚いて立ち上がった。

氷室教授の視線はこちらを向いている。口元は微笑の形だが、目が笑っていない。

「開墾運動の生みの親は西欧修道制の祖ヌルシアア・ベネディクトゥスだ。彼が『自然を征服する』という理念を打ち立てた経緯を簡潔に説明せよ。まあ、サービス問題というやつだ。今、私が口頭で説明したばかりだからな。ちゃんと講義を聞いていれば答えられる」

「……っ」

思わず顔が引きつった。

「え、えーと……」

聞いていませんでした、とは口が裂けても言えない雰囲気だった。

まわりを見れば、他の生徒たちが信じられないという顔でこっちを見ている。

実際、氷室教授の講義に出ていて、話を聞いていない生徒なんてまずいない。なぜなら講義が人気なことはもとより、不真面目な生徒への罰則が大変厳しいことでも教授は有名だから。

「どうした？　緊張でもしているのか？」

「い、いえ……」

まったく崩れない微笑《ほほえ》みが逆に怖かった。

「安心するがいい。私は常に学生たちに対してわかりやすい講義を心掛けている。学生番号22N7689番、神崎理緒。もしも君が答えられないとしたらそれは私の責任だ。案ずることはない。今、講義で聞き、理解したと思った内容をそのまま口にすればいい」

……うわぁ。

これは逃げられない、と理緒は悟った。

「すみません、聞いてませんでした……」

死刑台に上がっていくような気持ちで白状する。

教授の微笑みは崩れなかった。トン、トン、トンとリズムを取るように教壇を叩《たた》き、笑顔で告げる。

「明日までにヌルシア・ベネディクトゥスについてのレポートを提出。枚数はそうだな、三十枚程度に負けておいてやろう」

「三十枚ですか!?　それも明日までに!?」

「私は慈悲深いだろう?」

慈悲深くない。慈悲なんて欠片《かけら》もない。でもここで異論を唱えてもどうにもならないことは経験上わかっていた。氷室教授の決定は絶対なのだ。

「……わかりました。明日までに書いて教授の研究室に持っていきます……」

大変なことになりました……、と理緒は肩を落としてうな垂れる。

しかし教授の言葉はここで終わらなかった。

「神崎理緒、あとで私の研究室にくるように。ペナルティの一環として、私の研究の手伝いをさせてやろう」

「えっ。いやそれはちょっと断固としてお断りしま――」

「ちなみに拒否権はない」

言葉の途中でばっさりと会話を打ち切られた。そして教授はこっちのことなんてお構いなしに講義を再開してしまう。

レポート三十枚の上、教授の手伝いなんて……。

途方に暮れていると、男女の学生が両側から小声で話しかけてきた。知り合いというわけではないが、同じ講義に出ているのでお互いに顔はわかる。

「えーと、お前、神崎……だっけ？　やったじゃん。氷室教授の研究室に呼んでもらえるなんて、ゼミ生でもなけりゃ滅多にないらしいぜ？」

「いいなぁ、神崎君。わたしと代わってほしいよ」

両側から話しかけられてちょっと気後れしつつ、どうにか言葉を返す。

「……いえ、ぜんぜん良《い》いことじゃないです。出来たら代わってほしいくらいです……」

学生たちは顔を見合わせた。

「以前《まえ》からなんとなく思ってたけど、神崎ってちょっと変わってるよな？　氷室教授の講義に出てるのに教授のこと好きじゃなさそうだし？」

「同じ一年生のわたしたちにも敬語だしね？」

「や、それは……」

何か言い訳をしようとして、しかし言葉が出なかった。

誰に対しても敬語なのは子供の頃からの癖だ。そして氷室教授のことを好きじゃなさそうという点については……とてもじゃないが上手《うま》く説明できる気がしない。好きか嫌いかと聞かれれば、すごく苦手という言葉が飛び出してくるが、さりとて無下にできないような恩もあって……と状況は複雑極まりなかった。

「神崎、大丈夫か？　なんか顔色悪いぞ？」

「そ、そうですか？」

顔色が悪いのはおそらく日光のせいだ。けれどまさかそんなこと言えない。

「うん。なんか青白いっていうか……ほら？」

「あ……っ」

見てみたら、という顔で、女子学生が折り畳みの小さな鏡を向けてきた。

今はマズいです。日光で弱ってる状態で鏡を向けられたら……っ。

「だ、大丈夫ですから！」

　思わず大声で言って、鏡を手で遮った。しかしあまりに焦り過ぎた。理緒の声は教室中に響き渡り、講義が中断して、しん……と静まり返る。

　しまった、と思うがもう遅い。

「神崎理緒」

　氷室教授はもう笑っていなかった。

「レポートを五十枚に追加する」

「そんなぁ……!?」

　慈悲の欠片もないお言葉だった。


　講義を終えた理緒は教員棟へと移動した。

　普段の講義は主に一号館から十五号館の教室棟で行われる。一方、ここ教員棟には学生課や研究室があり、理緒のような一年生は用事がなければ本来あまり立ち寄らない場所だった。

　しかし事情があって入学以来、もう何度もここへ行き来している。その事情とは……氷室教授に呼びつけられるからだ。

「はぁ、また厄介なことにならなければいいんですけど……」

意気消沈しながら歩いていると、やがて氷室教授の研究室に着いた。

教員棟九階、北側奥。日当たりは悪いが、適度な広さがあって、教授はお気に入りらしい。

タイル張りの廊下には三、四年生や大学院生の姿があり、理緒は白い扉を控えめにノックする。しかし数秒待っても返事がない。

「……不在でしょうか？」

だったらしょうがない、回れ右して帰ろうか、という気持ちが湧いてくる。

しかしいざ踵《きびす》を返《かえ》そうとしたところで、扉の向こうから返事がきた。

「――誰だ？　私は今、少々立て込んでいる。急用でないならまた改めてくるといい。その時は歓迎しよう」

耳に凛《りん》と響くような透き通った声。言わずと知れた、氷室教授。

しかし取り込み中なら渡りに船だった。

「神崎理緒です。お忙しいならまたにします。それじゃあ――」

「理緒？　お前なら構わんさ。遠慮せずに入ってこい」

「あー……………はい」

逃げられなかった。

まあ、そうだろうなとは思っていたけれど。

理緒は諦《あきら》めて扉を開ける。すると目の前に研究室の見慣れた景色が広がった。

全体の雰囲気はさながらアンティークな高級家具店。

年代物だが品の良い木目のデスクが部屋の奥にあり、備え付けられているのは英国製のロッキングチェア。そこかしこにある棚は北欧から取り寄せたものだとかで、教授のお気に入りのティーセットや研究道具がしまってある。

そんな海外風の雰囲気に反して、左右の本棚にこれでもかと収まっているのは、日本の妖怪《ようかい》や怪異関連の蔵書だった。専門家が記した研究書もあれば、古文書や絵巻物のようなものもある。

初めて研究室にくる学生は、部屋の雰囲気と本棚の文献のミスマッチに唖然《あぜん》とする。しかし理緒の場合はよく出入りしているので、いつもの光景といった感じだった。

ただし、ある一点を除いては。

見慣れた研究室の景色に、今日は異質なものが交じっていた。

無数のコウモリである。ロッキングチェアに優雅に腰掛けている氷室教授のまわりをコウモリたちが飛び交っていた。

「な……っ」

理緒は言葉を失った。

普通、コウモリなんて部屋にいたら誰だって大騒ぎをする。

しかし教授はまったく落ち着いていて、騒ぐどころか、コウモリたちにあれこれと指示を出していた。

さらにはコウモリたちは一般的なそれとは微妙に姿が違う。

どことなく丸っこく、ファンシーなぬいぐるみのような姿をしていて、泣き声もきゅーきゅーと妙に愛嬌《あいきょう》がある。

見目麗しい大学教授がぬいぐるみのようなコウモリたちと会話をしている。

たぶん普通の人間が見たら、夢か何かだと思うに違いない。それぐらいどうかしている光景だった。

教授がこちらに視線を向け、小首を傾《かし》げた。

「どうした、理緒？　扉を開けたまま呆《ほう》けたりして。早く入ってくるといい」

その言葉ではっと我に返った。

開けっ放しだった扉を全速力で締める。

……み、見られてませんよね⁉　他の学生や教員にこんな光景を見られていたら大騒ぎになりますよ⁉

冷や汗を流すこっちの気も知らず、教授は平然とした顔。

「お前はいつも忙《せわ》しないな。もっと心に余裕を持って過ごせ。帆船でゆったりと航海するように過ごすのが悠久の時を生きるコツだぞ？」

「僕は悠久の時なんて生きるつもりはありませんっ。いやそうじゃなくって！」

慌ただしく駆け寄って、教授のデスクに身を乗り出し、窓を開ける。

「なんでコウモリたちを部屋に入れたりしてるんです⁉　しかもみんな気を抜いてぬいぐるみみたいなあやかしモードじゃないですか！　ファンシーなコウモリと会話する大学教授なんておかしいでしょ⁉　おかしいですよね⁉　僕は間違ってませんよね⁉」

腕を大きく振って手招きし、コウモリたちを窓の向こうへ追いやりにかかる。

「ほらみんな、出てって下さい！　早く早く！　人に見つかったら大変ですから！」

コウモリたちはつぶらな瞳《ひとみ》で教授の方を窺《うかが》い、ご主人様が苦笑しながら頷《うなず》くのを見ると、きゅーきゅー鳴きながら部屋を出ていった。

その際、窓を通ると同時にポンポンポンッと煙が上がり、ファンシーな見た目が普通のコウモリに戻っていく。

最後の一匹が出ていくのを見届け、理緒はぐったりしながら窓を閉めた。一方、元凶の人物はロッキングチェアで肩を竦《すく》める。

「気は済んだか？　せっかく使い魔たちから定時報告を聞いていたというのに、まったくお前というやつは」

「定時報告って……まさか僕の知らないところでしょっちゅうコウモリたちをこの部屋に

入れてたんですか⁉」

「当然だろう？　いつ何時、この国のあやかしと呼ばれる者たちが現れるかわからない。私は使い魔を放ち、常に街中を監視している。己の領地のなかに目を光らせるのは、貴族としては当然のことだ」

ロッキングチェアの肘《ひじ》置きに頬杖《ほおづえ》をつき、氷室教授は微笑する。

その雰囲気はまさしく高貴な貴族。思わず納得してしまいそうになるが、何をどう言おうが、コウモリを使い魔にしている大学教授なんて人間社会ではありえない。

こめかみをぴくぴくさせながら理緒は尋ねる。

「前々から聞きたかったんですが……っ。教授は人間社会でちゃんと正体を隠す気があるんですか？　コウモリと話してるところを誰かに見られたらどうするんです？」

「別に使い魔を見られる程度、どうということはないさ。対処の方法はいくらでもある」

「対処の方法？」

「私がどうやって人間社会に溶け込み、大学教授という立場を手にしていると思う？」

「え、それって……」

「人間の記憶をいじることなど、この私にとっては造作もない」

「最悪だ……っ。なんですか、その悪の権化みたいな発言は……！」

聞かなければよかった、と後悔していると、教授は「はは」と楽しげに肩を揺らす。

「悪の権化か。それは言い得て妙だ。人間にとっての根源的な恐怖の象徴、闇の使者、それが私の種――ヴァンパイアだからな」

頬杖をついた得意げな顔は、人間離れした美貌《びぼう》のおかげでずいぶんと様になっていた。それもそのはず、このレオーネ＝Ｌ＝メイフェア＝氷室教授はそもそも人間ではない。彼は吸血鬼――ヴァンパイアである。

教授は人間の血を糧として悠久の時を生き、この世の理《ことわり》を超越した様々な能力を持っていて、先ほどのようにコウモリを使い魔として操ることもできる。

一般的にヴァンパイアは陽の光や十字架が弱点だと言われているが、教授は昼間でも普通にキャンパス内を歩くし、十字架を掲げた教会のそばを通っても平然としている。

本人曰《いわ》く、二百年も生きれば、人間が知っている程度の弱点はどうとでもなるとのこと。そんな規格外のヴァンパイアが氷室教授の正体だ。

いまだに理緒は受け入れきれていないのだが、この世には教授のような『人ならざるモノ』が数多くいるらしい。海外にはヴァンパイアや人狼《じんろう》や妖精のようなモノたちがいて、人間の知らないところで日々を営んでいるという。いわゆる都市伝説やおとぎ話のなかの存在は確かにいるのだ。

理緒がそうした世界を垣間見《かいまみ》てしまったのは、三週間前、入学式があった日の夜のことだった。

翌日からの大学生活が待ちきれなくて、理緒はこっそりとキャンパスの敷地《しきち》にやってきた。散歩がてらに少し辺りを見てまわるだけのつもりだった。

しかしそこで生まれて初めて、人間ではない異形の存在に出会ってしまった。

襲われ、追い回され、逃げ惑った末、理緒はとうとう胸を切り裂かれてしまった。講堂などがある中央棟の『ガラスの階段』から転げ落ち、理緒の命は風前《ふうぜん》の灯火《ともしび》となった。

そこに現れたのがヴァンパイアの氷室教授である。

結果として、理緒は氷室教授に命を救われることになった。

ただし、大きな代償を課せられて。呼び出された理由がその代償絡みでないことを祈りつつ、理緒は尋ねる。

「それで教授……僕はどうして呼び出されたんですか？」

「良《い》い質問だ。今朝方、コウモリたちが噂《うわさ》を聞きつけてきた」

「噂？」

うわー、やっぱりかー……と思った。この研究室に呼ばれることは、イコールろくでもないことに巻き込まれることなのだ。

しかしこちらの気も知らず、教授はロッキングチェアで優雅に足を組み替える。

「『髪絡《かみがら》みの森』という噂を知っているか？」

そんな前置きをして、教授は語り始めた。

髪絡みの森。

大学の裏門側には住宅街が広がっており、そこを道なりに進んだ先に小さな森がある。森のそばには狭い路地があって、誰かがそこを通ると、度々、森から老女の声が聞こえてくるという。

しかし決して返事をしてはならない。

もしも呼び声に応《こた》えれば、木々の間から老女の白髪が無数に伸びてくる。そして全身を搦《から》め捕り、返事をした者を森に引きずり込んでしまうのだ。

そんな噂が今、この街のなかで実《まこと》しやかに語られているらしい。

「正確な場所は今しがた、コウモリたちが確認してきた。『髪絡みの森』はここから二十分ほどのところにある」

ブロンドをさらりと揺らし、教授は言う。

「調べに向かうぞ、理緒。——あやかし調査の時間だ」

予想はしていたものの、理緒は「ああ……」と頭を抱えた。

氷室教授はこの大学で海外民俗学について教えている。

しかし本棚の蔵書が示す通り、現在、教授が個人的に研究テーマとしているのは日本の妖怪や怪異——いわゆる、あやかしについてである。

海外のヴァンパイアである教授と同じように、日本にもやはり『人ならざるモノ』たちがいて、そうした妖怪や怪異を教授はあやかしと総称し、日々研究していた。

本人曰く、道楽半分の趣味だそうだ。ヴァンパイアは悠久の時を生きるため、長い時間のなかであらゆる趣味をやり尽くしてしまう。狩りやらチェスやら領地の支配やら様々なことをやり尽くして、今は人間のように学問の研究に凝っているのだそうだ。

なかでもヨーロッパ生まれのヴァンパイアである氷室教授にとって、日本のあやかしは自分との違いや共通点が様々あって、非常に興味深いらしい。

そこで氷室教授は文献の収集に便利な大学教授という肩書を手に入れ、長い人生で得た知識を海外民俗学として学生たちに教えながら、ここ霧峰大学に在籍している。

そしてあやかしの噂を聞きつけると、こうして調査に乗り出すのだ。

はた迷惑なことに、理緒はその助手役をさせられている。

「えっと……」

無駄とは知りつつ、一応、反論を試みる。

「それ、僕もいかなきゃいけないんでしょうか……？」

「ほう？　何か用事でもあるのか？　この私の調査以上に重要なことが？」

「教授から言いつけられた、五十枚のレポートがあります」

「それはお前が居眠りをしていたからだろう？　正当な罰だ。理由にはならない」

「……い、居眠りじゃないですよっ。僕は真面目に授業を受けようと思ってました。確かに意識朦朧《もうろう》としてましたけど、あれは日なたに座ってしまったからで……っ」

「では講義の最中《さなか》に大声を出し、私の話を遮ったことは？」

「あれも他の学生の人に鏡を向けられたからですっ。……教授ならわかりますよね？」

やれやれ、と大げさに教授は頭を振る。

「日光や鏡ぐらいどうして克服できない？　私の眷属《けんぞく》として情けないぞ？」

「眷属とか言わないで下さい。僕は人間です！」

軽口を言われて全力で言い返した。

理緒の望みは大学生活のなかで穏やかな日常を送ること。ヴァンパイアに眷属扱いされるなんて頷けない。

しかし氷室教授はどこ吹く風といった様子で肩を竦める。

「何をどう言おうとも、お前は私に逆らえない」

ベストのポケットに手が差し込まれ、取り出されたのは銀色の懐中時計。

「聞き分けがないと、これを与えてやらないぞ？」

「う……っ」

言葉に詰まった。

とある事情があり、あの懐中時計をちらつかせられたら、理緒は教授に逆らえない。肩を落としてうな垂れる。

「わかりました……。森でもどこでもついていきます」

「レポートもしっかりやるように」

「……教授はすごく人でなしだと思います」

「そもそも人ではないからな」

楽しげに言い、教授はスーツのジャケットをなびかせ、軽やかに立ち上がる。

「では、ついてくるがいい。調査の時間だ。『髪絡みの森』の真相はこの私、レオーネ＝L＝メイフェア＝氷室が解き明かそう」


それから程なくして、二人は大学の裏門をくぐり、敷地の外に出た。

ところどころの木の枝にコウモリがいて教授に道を伝えているらしく、実際、二十分ほどで目的地にたどり着いた。

どちらともなく足を止めると、教授があご先に手を添えて小さく笑う。

「ここが件《くだん》の『髪絡みの森』というわけだ」

雑草が鬱蒼《うっそう》と茂った、ひどく細い路地だった。右側は住宅街なのだが、コンクリートブロックの壁が続いているせいで、生活の気配というものが遮断されている。

逆に路地の左側は森から多くの枝が伸び、空をほぼ覆い尽くしてしまっていた。おかげで日光がほとんど入ってこず、日没後のように薄暗い。

一本隣の路地は明るく生活感があったのに、まるで別の世界に迷い込んでしまったような雰囲気だった。

思わずゴクリと喉《のど》が鳴る。

「なんか、確かに何か出てきそうな感じがありますね……」

理緒などは自然に腰が引けてしまう。

逆に教授は楽しそうに目を細めた。

「閑静な住宅街のエアポケットといったところだな。実に日本のあやかしが好みそうな空間だ。怖いか、理緒？」

「怖い……です。だから帰ってもいいですか？」

「どうしてもと言うなら構わないが、レポートが百枚に増えるぞ？」

「行くも地獄、帰るも地獄じゃないですか……」

色々諦《あきら》めざるを得なくなり、二人で森のまわりを一周してみることになった。

別段、柵《さく》のようなものもなく、森への出入りを禁じられている様子はない。

ただ背の高い草木が生い茂っていて、簡単には森のなかに入れそうもなかった。入口が見当たらないと言った方が正しいか。草木をかき分けていけば不可能ではないが、好き好んでそんなことをする人間もあまりいそうにない。

しかし森自体は決して広くはなく、ものの十数分で元の場所に戻ってきた。

「とりあえず一周してみましたけど、何も起きませんね。あ、ひょっとしてコウモリたちが聞きつけてきた噂って、ただのデマだったんじゃ……」

「まだ周囲を見てまわっただけだろう？　調査はここからだ」

手応えのなさとは対照的に、教授はむしろいきいきし始めていた。

「理緒、私の鞄《かばん》をここに」

研究室を出た時から理緒は教授の鞄を持たされていた。

シックなアンティーク調の大きな鞄。昔の映画に出てきそうな旅行鞄だ。それを渡すと、教授は地面の上に置き、留め金を外して蓋《ふた》を開いた。

横から覗《のぞ》くと、小型のランタンが入っていた。ベルトとクッションスカーフで固定されている。

……何に使うんでしょうか？

この三週間ほどで理緒は数度、教授の調査に付き合わされている。調査の際、教授は必要になりそうな道具を毎回推測し、この鞄に入れて持ってくるのだ。

しかし今回は初めて見る道具だった。

「教授、これはなんなんですか？」

「昔、フランスの裏13番街で手に入れた道具だ。名は『宝石光《ほうせきこう》のランタン』

教授は鞄の内ポケットからマッチを取り出す。

「昼間の講義でヨーロッパの大開墾運動について触れたことは覚えているな？　ああ、お前は居眠りをしていたから知りはしないか」

「お、覚えてますっ。それくらいはちゃんと聞いてました」

「結構。11世紀の人間たちは森を切り拓《ひら》き、『森のなかには人ならざるモノが住む』という幻想を打ち砕いていった。歴史はそう伝えているし、講義では私もそう教える。しかしだ。事実は少しだけ異なっている。森のなかには実際に人ならざるモノたち――幻妖《げんよう》が存在していた」

幻妖。

それは教授が使っている、海外のあやかしを指し示す言葉だ。

英国や欧州で『人ならざるモノ』を総称すると、モンスターやゴーストといった名称になってくる。

しかし『それでは私を表す言葉として品性が足りない』とかで、教授は自分の研究においては海外の『人ならざるモノ』のことを『幻妖』という言葉で表していた。

一応、日本語での『幻妖』の本来の意味は『正体のわからない化物』や『妖怪』というものだったりするのだけど、教授は勝手に海外のあやかしという意味で用いている。

「11世紀の人間たちにとって、幻妖は脅威以外の何物でもなかった。よって『これから切り拓く森にどんなモノがいるのか』を常に探る必要があった。この『宝石光のランタン』はその時に使われていたものだ。さあ、理緒。見るがいい」

マッチを使って、ランタンに火が入れられた。

文字通り、宝石のような淡く揺らめく光が生まれた。

輝く色は一定ではなく、エメラルドのような緑からルビーのような赤に変わり、かと思えばアクアマリンのような青になって、アメジストのような紫へと変化する。

思わず吐息がこぼれてしまいそうな美しさだった。

「すごくきれいですね……」

「そうだろう？　これは私も気に入っている道具の一つだ。しかしこの『宝石光のランタン』の真価は目を見張るような美しさではなく、その調査能力にある」

ランタンがかざされ、暗がりだった路地に光が差し込んだ。

光は何かを探すように揺らめいている。

「『宝石光のランタン』は人ならざるモノの残滓《ざんし》に反応する。さらには七色の輝きによって、存在の方向性も示してくれる」

「？　存在の方向性、ですか……？」

理緒が首を傾《かし》げるとほぼ同時に、ランタンの光が収束を始めた。

炎の揺らめきはそのままに七色の輝きが一つ、また一つと色を失っていき、残ったのはアクアマリンの青だけ。青色の細い光が森の入口でいくつも輝いていた。

「どうやらこの森にあやかしがいることは間違いないようだ」

教授はランタンを持ったまましゃがみ込み、細い光をなぞるように指で摘《つ》まむ。

「あ……」

理緒は思わず声を上げた。ランタンの光に照らされ、青色に輝いているもの、それは細長い毛のようなものだった。

「もしかして噂《うわさ》にあった老女の髪……!?」

『髪絡みの森』では路地を歩いていると、老女の声が聞こえ、白髪が伸びてきて引きずり込まれるという。まさに噂通りだ。

しかし教授は思案顔で否定する。

「いや」

薄く笑みを浮かべて。

「どうやら森のあやかしの正体は、老女ではないようだぞ?」

その瞳は摘まんだ髪を見つめている。

「アクアマリンの青光は自然界の動物を表す」

「動物……?」

「つまりこの毛を落としたのは人間の姿に近いあやかしではなく、動物に近い系統のあやかしということだ」

「え、じゃあその髪は……」

「髪ではなく、動物の毛と考えるのが無難だろうな」

教授はランタンの蓋《ふた》を開け、ふっと吹いて火を消す。光がなくなると、摘まれた髪は青の輝きを失って、ただの白い毛になった。

白い毛。見れば見るほどやっぱり老女の白髪に思えてくる。しかし教授はそれを否定する。

「おそらくはこのあやかしに遭遇した誰かが白い毛を白髪と誤認したのだろう。そこから老女という噂になった、というわけだ」

ランタンが地面に置かれ、教授は鞄からさらに何かを取り出した。

「さて、あやかしの系統がわかれば、ちょうどいい道具がある」

教授の手が摑《つか》んだのは、小さなキャンドルだった。ガラスの容器に入っていて、表面に幾何学的な文字が描かれている。

先ほどのマッチを擦り、キャンドルに火がつけられた。『宝石光のランタン』のような不思議な光り方はせず、普通の火が揺らめいている。だけど、代わりに甘い蜜《みつ》のような香りが漂い始めた。

「理緒、風上はどっちになる？」

「えっと……あっちです」

指を舐《な》め、風の方向を確認してやや右側を示す。教授は自分の指を舐めたりはしないので、助手はこういう役割もやらされる。

教授が風上に移動していく。どうやら香りを森へ向かわせるらしい。

「これは私が独自に精製したキャンドルだ。『宝石光のランタン』のような名は付けていないが、効果は大いに期待できる。少し待つぞ。香りが森のなかへ届けば動きがあるはずだ」

こんな小さなキャンドルの香りが森のなかにまで届くのかな、と一瞬思ったけど、教授の道具ならばただのキャンドルのはずがない。

教授の隣に移動すると、徐々に香りが強くなっていることに気づいた。

森の方を見つめながら、何気なく口を開く。

「どうして……このあやかしは人間を森に引きずり込もうとするんでしょうか？」

「いい問いだ。学問というものは常に疑問を持つところから始まる」

講義の時のように教授は頷《うなず》く。

「理緒、前提からもう一度考えてみるがいい。この森のあやかしは噂のような老女ではなかった。となれば『人間を引きずり込もうとする』という件も真実かどうかは少々疑わしくなってくる」

「あ、確かに……」

「この国は人間とあやかしの距離がすこぶる近い。英国や欧州の幻妖たちは人里から隔絶された異界に根を下ろすことが多いから対照的だな。たとえばシェイクスピアの『夏の夜の夢』に描かれているような妖精郷がいい例だ。しかしこの国はまったくの逆、人間とあやかしの住まう場所が隣り合わせになっている。ちょうどこの森のように」

薄暗い路地のなか、キャンドルの火だけがゆらゆらと瞬《また》いていた。

「そのせいか、あやかしたちは人間たちの間で交わされる噂話にとても敏感だ。自らを誇示したいと考えるあやかしは、自身の噂話に正確性を求める。怖がらせたいのならより正確に恐怖を、崇《あが》められたいのならばより正確に神秘性を、噂に乗せて広めようとする。しかしだ、『髪絡みの森』にいるのが老女とされていたところから察するに、どうやらこの森のあやかしは自身の噂をコントロールできていない。理緒、これがどういうことかわかるか？」

「えっと……」

講義で当てられた時のことを思い出し、やや背筋が伸びる。

「たとえば……忙しかったりとかでしょうか？　自分の噂を訂正する暇がないくらいに」

「五十点といったところだな」

辛口の採点だった。

「より間口を広げて言うのなら、このあやかしは噂をコントロールできないような事情を抱えている、といったところだろう」

「事情ですか？　たとえばどういう？」

「それを今から本人に問いただす」

教授の言葉と同時、突然、森の木々がざわざわと音を立て始めた。枝が揺れるほどの風は吹いていない。

理緒はビクッと驚くが、教授は平然としている。

「香りが森の奥まで届いたようだ。このキャンドルの香りはあやかしを活性化させる。今私が持っているのは動物系統のあやかし用のものだ。ネコのマタタビのような効果があると考えればいい。我を忘れる勢いで活性化するぞ」

「えっ」

耳を疑って、教授の方を見る。

「そ、それって大丈夫なんですか!?　噂通りじゃないのかもしれませんけど、もしも万が一、本当に森に引きずり込まれるんだとしたら、そんなあやかしが活性化したら危険なんじゃ……っ」

「ああ、まったくだ」

金色の髪をさらりと揺らし、満面の笑み。

……あ、いけない。

とてつもなく嫌な予感がした。

教授のあやかし調査に付き合わされると、理緒はだいたいロクな目に遭わない。

無茶ぶりをされ、厄介な役を押しつけられ、いつも大変な目に遭わされる。

ここは逃げた方がいい。一目散にこの場から脱出するべきだ。本能がそう告げるけれど、一瞬早く、状況が動いてしまった。

「さあ、あやかしがきたようだぞ」

まるで嵐のように森の木々が蠢《うごめ》いて。

「ここからは——」

パンッと教授に背中を押された。

「——お前の出番だ、理緒」

次の瞬間、無数の白い毛が木々の間から躍り出た。

押されて前に出た理緒に対し、まるで獲物を見つけた食虫植物のように毛が両手両足に絡みつく。

「うわぁ!?」

強い力で引き倒された。

そのまま瞬く間に森へと引きずられていく。

「やっぱりロクな目に遭わない！　しかもこれ噂通りじゃないですかーっ!?」

すごい勢いで引っ張られ、絶叫。慌ててそばの茂みを摑んだが、逆に草が根元から抜けそうになる。すごい力だ。

一方、教授は後ろにいたおかげで襲われていない。興味深そうにしげしげとこちらを見ている。

「ほう、なかなかの勢いで引っ張っているな。キャンドルの香りがきちんと作用しているようで何よりだ。理緒、手触りはどうだ？　やはり髪より動物の毛に近くはないか？」

「いやなに平然とした顔で意見を求めてきてるんです!?　そんなことより助けてもらえませんか!?　僕、今大ピンチですよね!?　誰がどう見ても助けが必要な状況ですよねー!?」

「ん？　助けてほしいのか？」

「逆に聞きますけど、それ以外を希望してるように見えますか!?」

「しかし、せっかくあやかしに遭遇できたんだぞ？　もっとこの幸運な状況を観察して今後の研究に生かすべきだとは思わないか？」

「あ、決めました。僕、死んだら教授のところに化けて出ます。毎晩毎晩、ニンニクたっぷりのペペロンチーノを作って、教授の枕元に置いてやりますからね!?」

「なるほど、そうきたか」

軽く噴き出す、教授。

「私も大概の弱点は克服したが、ニンニクの匂いというのは何百年生きようと、どうも優雅とは思えなくてな。ソースの隠し味程度ならまだしも、メインに据えられると多少の我慢を強いられる。それを毎晩というのは確かに問題だ」

スーツに包まれた腕が置きっぱなしの鞄《かばん》に伸びる。取り出されたのは、上質な布に包まれた細長い棒状のもの。

「これは私が長年愛用しているペーパーナイフだ。名づけるならばそう、『メイフェア家のペーパーナイフ』といったところか」

「あのっ、説明とかはもう省いていいですから！　早く……っ！」

摑んだ草がぶちぶちと千切れ始めていた。もう悠長に説明を聞いている暇なんてない。

しかし教授はどこまでもマイペースだ。

「もちろん本来の用途はただのペーパーナイフに他ならない。私もずっと手紙の封を切ることに使ってきた。しかしこのナイフにはちょっとした特徴がある。ヴァンパイアの力を流し込むと、幻妖《げんよう》やあやかしの力を断ちきれるほど切れ味が増すのだ」

「じゃあ、力とやらを流し込んでとっとと助けて下さい！」

「さあ、理緒」

もはやこっちの言葉なんてお構いなし。わざとらしい猫撫《ねこな》で声でナイフを差し出す。

「これを貸し与えてやろう。私は観察に専念するから、自力で対処しろ」

「自力……っ⁉」

一瞬、言葉を失った。

ぶちぶちと千切れていく草の音を聞きながら、首を振る。

「……い、嫌です」

「なぜだ？」

「そういうの無理です。僕は人間ですから」

「大丈夫、できるさ」

上質な布に包まれたペーパーナイフをこちらにかざし、氷室教授は言った。大変ひどいことをやたらと優しい声で。

「お前は私の眷属《けんぞく》なのだから」

「け――」

眷属はやめて下さいってば！

と叫ぶより一瞬早く、ついにすべての草が千切れてしまった。青々とした草が舞い、何も摑めなくなった手を思わず伸ばす。

「教授……っ！」

とっさに手を摑んでくれることを期待した。

しかし、手のひらにぽんっとペーパーナイフが置かれる。

「期待しているぞ、理緒」

「それは酷過ぎませんかーっ!?」

絶叫しながら飛ぶような勢いで森へ引きずり込まれた。

実際に体が浮いている。ずっと草を摑《つか》んでいたから引っ張られる力が解き放たれ、山なりに体が浮き上がっていた。

視界の端を木々がすごい速さで通り過ぎていく。地面までの高さは数メートルに達していた。

このまま落ちたら間違いなく怪我《けが》じゃ済まない。

「さて、ここで海外民俗学の講義の続きだ」

絶体絶命の状況のなか、どこからともなく氷室教授の涼しげな声が響く。

「西欧修道制の祖ヌルシア・ベネディクトゥスはなぜ『自然を征服する』という理念を打ち立てたのか？　彼の時代、森とは人ならざるモノたちが跋扈《ばっこ》する異界だった。そこには白髪を振るう老女がいるかもしれないし、もしくは白い毛を放つ獣がいるかもしれない。つまりはまったく未知の場所だったというわけだ。わかるか、理緒？　ヌルシア・ベネディクトゥスは力で自然を征することで、未知を既知へと変えようとしたのだ。であれば、今この『髪絡みの森』で未知なるあやかしに遭遇したお前は何をすべきか？　答えはすでに出ているはずだ」

まるで謡うように、教授は高らかに告げた。

「自然を征服せよ！　己が力によって未知を既知へと変えるのだ！」

「ああ、もう……っ」

真っ逆さまに落下しながら、毒づき、同時に理緒は観念した。

氷室教授の思い通りになるのはとてつもなく不本意だ。しかしこのままむざむざ大怪我なんてしたくない。気持ちを集中し、大きく目を見開く。

「――っ」

小さく息をはくと同時、体中の血が目覚めるのを感じた。感覚が加速度的に鋭敏になっていき、瞳《ひとみ》が深紅に輝いていく。

上質な布が風に遊ばれるように飛んでいった。現れるのは丁寧な彫細工が施された、ペーパーナイフ。

そこに力を込めていく。

呼応するように刃に赤い光が灯《とも》った。

「これでいいんでしょう！　これで！」

宙を薙《な》ぐ。

その一振りで手に絡まっていた白い毛が吹き飛ぶように霧散した。空中でバランスを取り、さらに一振り。両足の白い毛も吹き飛んだ。

三メートルほどの高さがあったが、理緒はしなやかに着地。数秒遅れで千切れた白い毛がはらはらと降ってきた。

するとそばの木陰が揺れ、動物のようなものが飛び出した。白い毛に覆われていて、大きさはちょうどサッカーボールぐらい。

何やら「ひえええ、なんなんだ、あいつーっ！」と泣きながら駆けていく。

理緒は赤い目を瞬《しばたた》く。

……もしかして、今のがこの森のあやかしでしょうか？

追いかけようかと思ったが、生い茂る雑草にまぎれてすぐに姿が見えなくなってしまった。ただ、あの様子ならもう襲ってくる心配はなさそうだ。

「……とりあえず一安心ですね」

肩の力を抜いて、集中を解いた。すると目の色がもとに戻り、湧き上がっていた力も抜けていく。

教授も歩いてやってきて、こちらに拍手をする。どうやら観察しながら追いかけてきたらしい。

「良《い》い手際だ。A評価をやろう」

心底ご機嫌な感じで言われて、思いっきり頬が引きつった。

「な、に、が、A評価ですか！　危うく頭から真っ逆さまになるところでしたよ!?」

「しかしそうはならなかったろう？」

何が不満なんだ？　という顔をされて、さらに頬が引きつる。

「学生をあやかしの前に押し出す教授がどこにいるんですか、もう！　今日という今日は僕も頭にきました！　氷室教授は最低です、最悪です！　学生課に訴えますよ⁉」

「ほう？　あやかしのエサにされたと訴えるのか？」

「むしろエサにするつもりだったんですか⁉」

「物の喩《たと》えだ。それにお前なら難なく対処できるだろうと私はわかっていた」

まったく悪びれず、背後に花でも咲きそうな優雅さで微笑《ほほえ》む。

「お前は、神崎理緒は——私の眷属だからな」

顔立ちの良さというのはある種の反則だと思う。まったく理屈になってないのに、笑顔一つで謎の説得力を生み出してしまうのだから。

思わず言いくるめられそうになりつつ、それでもどうにか理緒は言い返す。

「だから眷属はやめて下さいってば……っ。僕は人間なんですから！」

「半分はヴァンパイアだろう？」

「半分はちゃんと人間です！」

心の底から言い返した。

何を隠そう、神崎理緒は半人半妖のハーフヴァンパイアである。

三週間前、瀕死《ひんし》の重傷を負った理緒はヴァンパイアの氷室教授に命を救われた。その方法は教授が理緒の血を吸い、さらに自分の血を理緒に飲ませること。これはヴァンパイアが仲間を増やす時のやり方らしい。

しかしである。助けを求めた時、理緒は『ちゃんと生きたい』と教授に願った。もちろんヴァンパイアなどではなく、人間としてだ。これがツボに入ったらしく、教授はあえて自分の血を極限まで薄めて理緒に与えたらしい。

おかげで現在、理緒は半分は人間で半分はヴァンパイアという極めて中途半端な存在になっていた。

日光に当たっても灰になることはないが、長く光を浴びていると異様に眠くなる。ニンニクは食べられないことはないが、一欠けらでも食べると半日以上、涙が止まらなくなってしまう。

他にはヴァンパイアは鏡に映らないという特性がある。理緒の場合、一応映りはするが、日光と同じで気を抜いていると半透明で映ってしまう。大教室で鏡を向けられ、大慌てしたのはこのためだ。

現状、騙《だま》し騙しやれば日常生活は送れるものの、地味に色んなところに支障が出てくるような日々だった。

そんな様子が面白いらしく、教授は事あるごとに理緒を連れまわし、こうしてあやかし調査にも付き合わせている。

「それで、満足のいく観察はできたんですか？」

「そうだな、A評価だから及第点といったところか。しかしこれで満足するな。私ならば初手であやかし本人を追いつめるところまでできる。次はS評価を目指すことだ」

一瞬、何を言われているのかわからなかった。

数秒考え、ようやく思い至る。

「観察って……あやかしの観察じゃなくて、僕の観察だったんですか!?」

「眷属の成長を見守るのは主人として当然の責務だからな」

「だから眷属っていうのはやめて下さい……ってああもういいです。もう僕、帰っていいですか？　あやかしに襲われるくらいなら、百枚だって二百枚だってレポートを書きますよ！」

「ほう？　主人を置いて帰ると？　困った眷属もいたものだな」

教授はわざとらしく驚いた顔をする。

半分だけだが、理緒は教授の血によってヴァンパイアになった。よって教授からすれば自分の子——眷属ということになるらしい。

「帰り支度にはまだ早い。あやかしの調査はまだ途中だ。理緒、お前は人間に戻りたいのだろう？」

「……当たり前じゃないですか」

「では私の研究の役に立たなければな？」

ベストのポケットに手が向かい、銀色の懐中時計が取り出された。

これ見よがしにそれを掲げ、教授は微笑む。

「星降る春の夜、お前は私とそういう契約を交わしたのだから」

返す言葉がなくて、理緒はむすっと押し黙った。

視線は銀色の懐中時計に。

三週間前の夜、命が助かった代わりにハーフヴァンパイアになってしまったことを教えられ、狼狽《ろうばい》する理緒に対して、教授は言った。

自分はこの国のあやかしを研究している。お前は私の助手となれ。いずれ満足のいく研究成果を得られたならば、この銀時計をお前に与え、人間に戻してやろう、と。

教授の掲げた時計がどういうふうに作用して、人間に戻れるのかはわからない。でも戻りたい。是が非でも人間に戻りたい。ハーフヴァンパイアとしてビクビクしながら送る大学生活なんて絶対に嫌だ。

他に方法がない以上、あの時計をちらつかされると、理緒は教授に逆らえなかった。結果、毎回こうしてあやかし調査にも付き合わされている。

「確認しておきますけど、本当に僕を人間に戻してくれるんですよね？」

「当然だ。古《いにしえ》より貴族は契約主義だからな。交わした約束は必ず守る」

「約束を守るはずの人がどうしてこんなナイフを持たせて、ヴァンパイアの力なんて使わせるんですか？」

ジト目で睨《にら》む。

理緒は体のなかの血を目覚めさせると、生粋のヴァンパイアに近い力を使えるようになる。今、ペーパーナイフを使って獣の毛を退け、何メートルもの落下から難なく着地できたのもそのおかげだ。

しかし人間からどんどん遠のいていく気がして、どうにも理緒はこの力が好きになれない。だいたい、そんなに調査がしたいのなら、教授自身が矢面に立ってくれればいいと思う。なんといっても教授こそ生粋のヴァンパイアなのだから。

「わかっていないな、理緒」

「何がですか？」

「汗をかくのは召使いの仕事だ。その後ろで働きぶりを見届けるのが主人の仕事というものだろう？」

「……っ」

眷属《けんぞく》どころか召使いになってしまった。

「なんていうか、心から教授は人でなしだと思います」

「ああ。まったくもって、人ではないからな」

楽しげに笑い、教授はジャケットを翻す。

「さあ、調査の続行だ。準備をしろ。相手はすぐそこにいるぞ？」

「えっ⁉」

さすがに驚いて身構えた。

さっきの白い動物は森の奥へと駆けていった。だからてっきりもう遠くへいったものと思っていたのに、すぐそばなんて言われて戸惑った。

「ほ、本当ですか？　適当なことを言って、僕をおどかそうとしてるとかじゃありませんよね？」

教授は答えない。しかし言われてみれば、この森のなかは高い木々に囲まれていてひどく薄暗い。ほんの目と鼻の先の木立ちの陰に何者かがいても不思議じゃなかった。

生粋のヴァンパイアである教授は何かを感じ取っているのかもしれない。

すっと目を細めて、教授は指を差す。

「そこだ。理緒の右斜め前方、二メートル」

途端、目の前の茂みから「――ッ⁉」と誰かが息をのむような音がした。

理緒もぎょっとして体が強張《こわば》る。絡まった毛を切っただけの先ほどとは違う。明確に相手がいるとなると、緊張が全身を駆け巡る。

「怯《おび》えるな、理緒」

「お、怯えますってさすがに……！」

動揺が場に広がるなか、氷室教授だけが平然としていた。

「仕掛けてはこないようだな。よし、理緒。あの木立ちをナイフで一刀両断にしろ」

「えっ⁉　い、いきなり切りつけるんですか⁉」

「相手が出てこないのならな」

立てこもり犯に通告するような物言いだった。その意図はきちんと伝わったらしく、茂みのなかから大慌ての声が響く。

「ま、待て待て待て！　待ってくれーっ！」

改めて聞いてみると、やはり老女とはまったく違う声だった。まるで幼い少年のような声だ。

「おれはなんにもしねえよ！　だからバッサリ切ったりなんてしないでくれーっ！」

そう叫んで、白い体が勢いよく茂みから飛び出してきた。

その姿はぬいぐるみのように丸っこく、四本脚で歩き、体中の毛がもこもこしている。

『宝石光のランタン』が示した通り、見た目はまるっきり動物だった。

「……ひ、羊？」

「そうだよ！　羊だよ！　でもおれを食っても美味《うま》くねえぞ⁉　だから切るなよぉ！」

出てきたのはもこもこした羊だった。

しかし喋《しゃべ》っているので、間違いなくあやかしではあるのだろう。勢いよく飛び出し過ぎたのだろうか、羊は着地に失敗して、べチャッと地面に落ちた。

「い、痛《い》てぇよーっ！」

なんだか……森に引きずり込まれた時のような脅威をぜんぜん感じない。いや考えてみれば、あの時は教授のキャンドルで無理やり活性化させられていたはずだ。となると、今の状態が素なのかもしれない。

思わずしゃがみ込んで尋ねる。

「えっと……大丈夫ですか？」

「大丈夫に見えるかよぉ!?　顔からべチャッていったんだぞ、べチャッて！　うう、ちくしょう、変な匂いがしてわけわからなくなるし、今日はさんざんだ……っ」

やっぱりさっきはキャンドルの影響を受けていたらしい。

羊は地面にべたぁーっと突っ伏し、めそめそと泣き始める。

どうにも戸惑い、教授の顔色を窺《うかが》うと、「羊のあやかしか」と何やら頷《うなず》いている。

「あの、教授？」

「少し待て」

早口でそう言い、スーツの内ポケットから革の手帳が取り出された。すごい速さでページがめくられていく。

教授は普段から様々な文献で研究をしているが、とくにこの土地に関するあやかしについては手帳にまとめて情報を持ち歩いている。その指先がやがて手帳の中ほどでぴたりと止まった。

「これだ！　名は『綿毛羊《わたげひつじ》』。体の大きさを自由に変え、たんぽぽの綿毛のように空を飛んで、土地から土地へ旅をするあやかしだ」

「わたげひつじ？」

なんとなく反芻《はんすう》し、教授を見つめる。

「危険なあやかしなんですか……？」

「いいや、彼らはふわふわと風に揺られて土地を巡る旅人だ。霧峰の風土記にも記述がある。春の到来や夏祭りの際に現れるという、縁起物のあやかしらしいな」

しかし、と教授はさらに綿毛羊を注視する。

「旅人だからこそ、綿毛羊は一か所に留《とど》まることはない。噂《うわさ》として人間たちの口に上がるほど、この森に居座っているのは例外的なことだと言えるだろう」

無遠慮にまるで虫を観察するような視線だった。

先ほどの一刀両断発言が尾を引いているのか、綿毛羊が怯えて飛び上がる。

「こ、こっちくんなよ！　くるなってば！」

「……え、わわ⁉」

飛び上がった綿毛羊が下りてきた先は、理緒の腕のなかだった。思わずキャッチしてしまうと、もこもこの体を震わせながら縋《すが》りついてくる。

「おい、お前、このおっかない奴の仲間だろ⁉　言ってやってくれよ！　おれは食べても美味くないって！」

「い、いえ僕は……」

教授の仲間とかではない。召使いでもなければ、眷属でもない。

ただ、綿毛羊のもこもこした手触りがすごく心地好《よ》くて、ちょっと味方をしてあげたくなってしまった。

「えっと……この人は君を食べたりはしないと思いますよ？」

「でもおれのこと切れって言った！」

「確かにそれは僕もどうかと思いますけど……この人は森の調査にきたんです」

「調査……？」

「ええ。噂があるんです。この森から突然、髪……白い毛が伸びてきて、人間を引きずり込もうとするって」

腕のなかで綿毛羊が驚いたように目を丸くする。

「引きずり込む⁉　違うぞっ。おれ、そんなつもりじゃなかったんだ……っ。確かに間違って人間に絡みついちゃったこともあるけど、すぐ放してやったし、おれ、おれは……」

つぶらな瞳《ひとみ》を潤ませ、綿毛羊はつぶやいた。

まるで迷子になった子供のように、泣きそうな声で。

「ただ、仲間が戻ってきてくれたんだと思って、嬉《うれ》しくて……」


綿毛羊は理緒に抱かれながらぽつりぽつりと事情を話し始めた。

彼は同じ綿毛羊の仲間たちと群になって、土地から土地へと旅をしていた。教授が言っていた通り、それが綿毛羊というあやかしの習性らしい。

彼らはたんぽぽの綿毛が一斉に空へ向かうようにふわふわと風に乗り、様々な土地を巡っていく。普段は体を小さくして、本物の綿毛や木の葉などと一緒に飛んでいくらしい。

綿毛羊は仲間たちと一緒に色んな土地を見てきた。

深い山のなかにある、人里離れたあやかしたちの郷《さと》。

きれいな小川の流れる、田んぼとあぜ道に囲まれた、平和な田舎。

人間たちが忙しく行き交う、夜でも明るい大きな都市。

毎日が楽しかった。いつだって明日《あした》がくるのが待ち遠しくて、そんな輝かしい日々が当たり前に続くと信じていた。

でもある日、突然すべてが終わってしまった。

この霧峰の土地にやってきた時のこと。その日はとても良《い》い風が吹いていて、森ではちょっと休憩するだけということになっていた。

しかし綿毛羊はウトウトと居眠りをしてしまって……気づいたら群のみんながいなくなっていた。大きな茂みの陰にいたから誰にも気づいてもらえなかったのだろう。

もちろんすぐに追いかけようとした。

けれど綿毛羊というあやかしは風に乗って移動する。もしも群のみんなが飛んでいった時と風の流れが変わっていたら、一生追いつくことはできない。

そうなったら広い世界に独りぼっちで放り出されることになる。

綿毛羊は空を見上げ、震え上がった。

広い世界で独りぼっち。

考えだしたら怖くて怖くて……気づいた時にはもう動けなくなってしまっていた。

震えたまま、夜がきて、朝がきて、また夜になった。もう取り返しがつかない。今さら風に乗ろうとも、絶対に追いつくことはできない。

それからというもの、ずっとこの狭い森で時を過ごしてきた。

きっといつか仲間たちがきてくれる。自分は独りぼっちなんかじゃない。絶対、またみんなと一緒に旅ができる。

そう信じて、待ち続けた。

でも仲間たちはこなくて。

どれだけ待ってもきてくれなくて。

たまに森の外で気配がすると、急いで走っていった。

けれどもし仲間じゃなかったらと思うと怖くて、森のぎりぎりのところから体の毛をぴーんっと伸ばし、外にいる誰かを引っ張って、伝えようとした。

おれはここにいるぞ、って。

でも結局、森の外を通るのは人間ばかり。

仲間がきてくれることはなくて、もう期待することさえ辛《つら》くなってしまって……。

「……なるほど、だから今日、私と理緒が森のそばにきても無反応だったわけか」

教授が納得顔で頷く。

綿毛羊はどこか気まずそうにこちらを見上げた。

「……さっきはごめんな」

「え、何がですか？」

「お前を思いっきり引っ張ったこと。なんか変な匂いがして、わけがわからなくなって、気づいたらびっくりするくらい毛を伸ばしてたんだ」

「あ、ううん、それはいいんです。どっちかと言うと、それはあそこの悪い人のせいですから」

教授にジト目を向ける。

事情がわかってみると、綿毛羊にあのキャンドルは明らかに過剰な道具だった。

しかし教授はきっと『キャンドルがなければ、綿毛羊は出てこなかったかもしれないだろう？』とでも言うのだろう。

思った通り……というか、そもそもこっちの様子など見ることもなく、教授は何かを思案している。

「綿毛羊よ」

「な、なんだよ？」

「お前たちは土地から土地へ旅をしてきた。ならば様々なあやかしに遭遇したこともあるだろう。そのなかに――吸血鬼の類《たぐい》はいたか？」

いきなりな問いかけだった。

なんでそんなことを聞くのだろうと思っていると、綿毛羊が目を瞬《しばた》く。

「吸血鬼……？　あっ、お前ら、吸血鬼なのか⁉」

また綿毛羊が飛び跳ねた。腕のなかから飛び出し、近くの茂みに身を隠す。

「ま、まさかおれを食べるんじゃなくて、おれの血を吸うつもりなのか⁉　やめろよ、ぜったい美味しくないぞ⁉」

「やれやれ、話が堂々巡りだな。安心しろ。私は獣臭い血など好まない。ただし、質問に答えなければお前を八つ裂きにする」

「ひっ!?」

「ここにいる理緒がな」

「僕がですか!?」

一人と一匹を戦慄《せんりつ》させ、教授は問う。

「もう一度聞く。お前は吸血鬼に会ったことはあるか？　もしくは純粋な鬼でもいい」

「ね、ねえよ！　鬼とか吸血鬼なんておっかないもんがそうそういるわけねえだろ!?　おれはどっちも見たことねえよ！」

「そうか」

パタンッ、と手帳が閉じられた。

いきなりすべての興味を失《な》くした顔になり、教授はあまりにあっさりと踵《きびす》を返《かえ》す。

「帰るぞ、理緒」

「え？」

そのまま教授は本当に歩きだしてしまう。

突然のことに驚き、理緒は綿毛羊の方を気にしつつ、追いかけた。

「帰るぞって……調査はいいんですか？　せっかく本物のあやかしに会えたのに」

「ああ、お前にはまだ私の研究テーマの根幹を教えていなかったな」

ため息でもつきそうな顔で、教授は言う。去っていく足を止めないまま。

「私は現在、この国のあやかしについて研究しているが……繙《ひもと》けば、それはさらに大きな研究のための末端でしかない」

「さらに大きな研究……ですか？」

「私はヴァンパイアという種のルーツを探っている」

「種のルーツ……？」

人間はヴァンパイアに噛《か》まれると死んでしまう。しかし命が尽きる前にヴァンパイアの血を与えられると、その眷属《けんぞく》として新たなヴァンパイアになる。理緒もそうしてハーフヴァンパイアになった。

「つまり今、世界に現存するヴァンパイアたちは皆、もとは人間なのだ」

「あ……っ」

確かにそういう理屈になるのかもしれない。

教授の他にどれくらいの数のヴァンパイアがいるのかは知らないが、自分と同じように血を与えられてヴァンパイアになったのだとしたら、皆、もともとは人間ということになる。

じゃあ、氷室教授も……？

疑問が脳裏に浮かんだが尋ねる隙はなく、教授が言葉を続けた。

「ヴァンパイアがもとは人間だとしても、その大本を辿《たど》っていけば、やがては『最初のヴァンパイア』に行き着くはずだ。その原初の存在を俗に真祖《しんそ》という。私という最高峰のヴァンパイアからしても真祖は伝説上の存在だ。しかしだからこそ、真祖が如何《いか》なる存在だったか、私は興味が尽きない」

しかし世界中を巡ってみても、真祖の足跡は見つけられなかったらしい。

だが教授はある時、ふと思いついた。

「極東の島国、日本には人間が鬼になるという逸話が多くある。ただの人間が『人ならざるモノ』に平然と為り変わってしまうのだ。たとえば能の『紅葉狩《もみじがり》』では嫉妬のあまり鬼になった女の話が描かれ、平安の歌集『梁塵秘抄《りょうじんひしょう》』には呪いで人を鬼にしようとする歌が収められている。しかもだ。日本ではヴァンパイアを『吸血鬼』と呼び、鬼の一種のように謳《うた》っている。この国で鬼や吸血に関わるあやかしを研究していけば、いずれは真祖のヒントが得られるかもしれない……とは思わないか？」

「だから教授はあやかしの研究を？」

「そういうことだ」

頷《うなず》き、そして落胆したように教授は首を振る。

「しかし『髪絡みの森』のあやかしは吸血鬼や鬼ではなかった。綿毛羊ならば旅のなかでそれらに遭遇したこともあり得ただろうと期待もしたが、結果はお前も聞いた通りだ。であれば調査はこれまでだ」

「いや、でも……」

背後を気にしつつ、尋ねる。

「いいんですか？　あの綿毛羊をこのままにして……」

するとぽつんと残された綿毛羊がか細い声でつぶやいた。

「お前たち、いっちゃうのか……？」

迷子の子供のような声だった。

正直、あやかしなんて氷室教授と出会うまでは実在するとは思わなかった。

あの綿毛羊にしたって、今会ったばかりでなんの縁もゆかりもない。それでもあんなふうに泣きそうな声で言われると、どうしても後ろ髪を引かれてしまう。

もやもやした気持ちが整理しきれず、教授に重ねて問う。

「教授、あの綿毛羊はどうなっちゃうんでしょうか？」

完全に興味を失っている表情だが、青い瞳がちらりとこちらを見る。

「風に乗って旅をする以上、綿毛羊の群の道行きは文字通り風任せだ。霧峰の風土記には複数の目撃記録があるが、一つ一つには数十年単位の開きがある。たまたま風の巡り合わせで群がこの森を通ることがあるとしても、十年後か二十年後か、ともすれば百年後になっても不思議ではないな」

「百年!?　そんなにですか……っ」

ぎょっとしたのは理緒だけでなく、後方で話を聞いていた綿毛羊もだった。

「う、嘘《うそ》だろ!?　おれ、もう本当にみんなに会えないのか!?　ずっとこの森で独りぼっちで暮らさなきゃいけないのか!?」

教授は答えない。もう綿毛羊と話すつもりもないようだ。

「な、なあ、待ってくれよ！」

綿毛羊が茂みから飛び出した。

「おれ、こんなふうに誰かと喋《しゃべ》ったの、久しぶりなんだ……っ」

小さな脚で必死に追いかけてくる。

「生意気なこと言ったのは謝るよ！　匂いでわけわからなくなって引っ張り込んだのもごめん……っ！　謝るっ、いくらでも謝るから！　……あっ!?」

地面を擦《こす》る音が響いた。綿毛羊が躓《つまず》いて顔から転んだのだ。「い、痛《いて》えよぉ……っ」と泣き声が響く。

理緒は反射的に立ち止まろうとした。しかし構わず離れていく教授の背中も視界に入り、どうすればいいかわからない。

曲がりなりにもあやかしを研究している教授が群を見つけるのは無理だと言った。ならば自分にできることなど何もない。

でも、だけど……。

迷っていると、綿毛羊が涙声で叫んだ。

「本当にいっちゃうのか!?　やだ、やだよ……っ！　なあ、こっち向いてくれよ！　お願いだ……っ」

そして。

必死に縋《すが》るような泣き声が響いた。

「おれを助けてくれよぉ……！」

「……っ」

縫い付けられるように足が止まった。

助けて、という一言。

それはあの夜、自分も口にした言葉だったから。胸から血を流し、『ガラスの階段』の下で倒れた、星灯《あ》かりの夜。理緒は氷室教授に言ったのだ。

まだ終わりたくないです。

なんでもします。だから僕を……助けて下さい、と。

思えば、誰かに『助けて』なんて言ったのは初めてだったかもしれない。

だって救いの手なんて恐れ多いもの、求めてはいけないと思っていたから。

「氷室教授」

気づけば呼びかけていた。

スーツの背中が「どうした？」と振り返る。

「僕が教授に『助けて下さい』って言った時のこと、覚えていますか？」

形のいい眉《まゆ》が不可解そうに寄る。

「ついさっき、お前が森の外で綿毛羊の毛に絡みつかれた時のことか？」

「違いますよ」

でも言われてみれば、さっきも自分は助けを求めた。

一度言えば、二度目は自然に言えてしまうものなのかもしれない。そう考えると、少しおかしくて自然に苦笑が浮かぶ。

「教授がヴァンパイアのルーツを探るっていう目標を話してなかったように、僕も教授に言ってなかったことがあるんです」

別にあえて告げるようなことでもない。

ただ、今は口に出したい気分だった。

「僕、子供の頃からずっと入院生活をしていました。長いこと、友達ひとりいなかったんです」

生まれつき、ひどく体が弱かった。物心ついた時から家と病院を行ったり来たりで、ほとんど同級生と仲良くなれた例《ため》しがない。

中学生ぐらいになれば体も強くなるかと思ったが、体調は芳しくなく、卒業式の日は病院のベッドで迎えた。

無理をすればすぐに倒れ、色んな人に迷惑を掛けてしまう。朝起きたり、学校へいったり、何かを食べたり、呼吸をするのすら申し訳ない気がして、気づけば誰に対しても敬語で距離を取るのが癖になっていた。

そんな自分だったから誰かに『助けて』なんて言うのはとても恐れ多いことだと思っていた。

でも、だからこそ。

自分に向けられた、『助けて』という言葉の重さは痛いほどわかった。気づいてしまえばもう聞こえないフリなんてできない。

理緒は振り返り、少しずつ、少しずつ、歩み寄っていく。そして、そっと手を差し伸べた。泣いている綿毛羊に向けて。

「一緒にきますか……？」

「ふえ……？」

つぶらな瞳《ひとみ》が驚いたようにこちらを見上げた。

「お、おれに言ってるのか……？」

「ええ、そうですよ」

笑みを浮かべながら頷く。緊張でぎこちない笑顔にはなってしまったけど、手はしっかりと指先まで伸ばしている。

綿毛羊は恐る恐る、こちらの手を見つめた。

「……お、おれのこと、食べたりしないか？」

「食べません」

「……血を吸ったりしないか？」

「絶対しません。僕は人間ですから」

「人間？」

綿毛羊は目を丸くする。

「嘘だろ？　おれ、色んな土地で人間を見てきたから知ってるぞ。人間は目に見えないくらい早くナイフを振ったりできないし、木よりも高いところから落ちて無事だったりはしないんだ」

「本当、そのはずなんですけどね……」

思わず苦笑いがこぼれる。

「今の僕はハーフヴァンパイアなんです」

「ハーフ、ヴァンパイア……？」

すんすんと綿毛羊が鼻を鳴らす。

「本当だ……っ。お前、人間の匂いとあやかしの匂い、どっちもする。こんな奴、見たことない……っ」

「僕はもともと普通の人間なんです。ヴァンパイアとかあやかしも見たことなんてありませんでした。でもある日、悪いあやかしに遭遇してしまって……」

「それってあいつのことか⁉」

「いえ、あの人は死にかけたところを助けてくれた人です。あんまりそうは見えないですけど……」

綿毛羊が目をひん剝《む》いて氷室教授の方を見たので、理緒はなんとも言えない顔で首を振った。

病弱だった理緒も高校生になった辺りから徐々に体力がつき始め、病気がちな体も変わっていった。高校生活自体はこれといった思い出を残すことができなかったけれど、霧峰大学に受かった頃には医師から過不足なく通学できるというお墨付きをもらえるまでになった。

両親に今までのお礼を言い、奨学金を申請して一人暮らしの準備を始めた。

ずっとできなかった分、これからはちゃんと大学生活を送りたいと思った。しかし入学式の夜に邪悪なモノに襲われてしまい、死に瀕《ひん》するという目に遭ってしまった。

「助かった代償に僕はハーフヴァンパイアになってしまいました。今は人間に戻るために頑張っている最中なんです」

少し視線を落として、小さな綿毛羊を見つめる。

「子供の頃から僕はいつも人と距離を取っていて、踏み出すことを恐れていて、それでも……たとえば人混みのなかにいると、少しだけほっとできました」

たとえば、ごった返した駅のホーム、多くの人が信号待ちをしている交差点、夕方の買い物時の商店街、そうした場所が好きだった。

一人だけど、独りじゃないと思えたから。

「だけどハーフヴァンパイアになってからは、そうした気持ちも持てなくなってしまいました。僕みたいに日光で眠くなったり、鏡に半透明に映ったりするような人は、駅にも交差点にも商店街にもいませんから」

だから、と言葉を紡ぐ。

「君の気持ちが少しだけわかるような気がするんです」

ある日突然、ハーフヴァンパイアになって人間の枠からも外れてしまった、神崎理緒。

ある日突然、群に置いていかれて仲間たちとはぐれてしまった、綿毛羊。

その状況の辛《つら》さはどこか似通っているように思えた。

「そっか……」

鼻先が手のひらに近づいてきた。

「……お前、名前は？　人間はそれぞれに名前があるんだろ？」

「理緒です。僕は神崎理緒と言います」

「りお、お前は……おれと一緒なんだな。お前も……」

水面に雫《しずく》が落ちるように、ぽつりと。

「独りぼっちなんだな……」

小っちゃな前脚がぽんっと手のひらに触れた。

「なあ、りお。おれと友達になってくれるか？」

「友達？」

「人間は群の仲間のことをそう言うんだろう？　友達になったら……」

綿毛羊の瞳に小さな期待が灯《とも》る。

「……おれたち、きっと独りじゃなくなるよな？」

「…………」

胸がきゅっと締め付けられるような思いがした。

手のひらに触れた前脚を優しく握る。

「なりましょう。友達に」

その瞬間、綿毛羊が胸に飛び込んできた。

もこもこの体が抱き着いてきて「わ……っ」と反射的に受け止める。
「りお、ありがとな」
囁《ささや》くように言い、綿毛羊が頬をすり寄せてきた。
「おれ、お前のおかげで、きっともう淋《さみ》しくならない……」
温かい涙が雨粒のように降ってきて、ひどく胸を打たれた。
綿毛羊の言葉が嘘《うそ》だとわかったから。
もう群の仲間には会えない。
この孤独は決して癒《い》えない。
そうわかった上で綿毛羊はやせ我慢をし、『淋しくならない』と言ったのだ。
理緒という新しい友達のために。
その友達が少しでも淋しくならないように。
なんて優しい子だろう、と思った。
気づけば、ぬいぐるみのような体をぎゅっと抱き締めていた。
風が吹き、木立ちがさわさわと揺れた。薄暗い森のなかに小さな陽だまりが生まれる。
その温かな光の輪のなかで、理緒は綿毛羊の背中を撫《な》でた。
「僕の方こそ、ありがとうございます」
囁くようにお礼を言った。

ずっと夢みていた形とは違うかもしれない。でも誰かとこうやって想《おも》い合えること、それが自分の欲しかった生き方だったと思うから。

理緒は感謝を込めて、新しい小さな友達の背中を撫でた。


『髪絡みの森』にいたあやかしは老女ではなく、孤独な綿毛羊だった。

彼は群の仲間が戻ってきてくれることを期待していたが、理緒と出逢《であ》ったことで現実を受け入れた。

もう森から髪が伸びてきて、誰かを搦《から》め捕るようなことはない。噂《うわさ》も程なくして消えるだろう。

しかしふいに理緒は根本的な問題にぶつかった。陽だまりのなか、腕のなかの綿毛羊を見つめて考える。

……この子、連れて帰ってもいいんでしょうか。

一緒にきますか、とは言ったものの、理緒が今住んでいるのは学生用アパートである。

もちろんペットは禁止だし、そもそも綿毛羊の生態がよくわからないので、アパートに連れ帰って大丈夫かどうかも判断できない。そうして困っていると、

「お前は本当に私の予想を越えたことをするのだな」

「わ……っ⁉」

いきなり教授が隣に立っていた。

もうとっくに森の外にいってしまったのかと思っていたのに、いつの間にか戻ってきていたらしい。

「きょ、教授……？」

「ふむ。羊毛《ようもう》という特徴を鑑《かんが》みて名づけるとすれば、そうだな……ウールといったところか」

教授は綿毛羊を見て、いきなりそんなことをつぶやいた。

「え？　ウ、ウール？」

「綿毛羊の名前だ。喜べ、ウール。お前は今、この私から名を授かったぞ」

「お、おれの名前……？」

理緒と綿毛羊はわけがわからず、目を瞬《しばたた》いている。

すると教授はスーツの内ポケットから小瓶を取り出した。なかにはきらきらした星形の砂が入っていて、それを綿毛羊に振りかける。

「ほわっ⁉　え、なんだよ、これ⁉　ふ、ふ、ふ……ふぇっくしょん！」

鼻に入ってしまったのか、綿毛羊は激しくくしゃみを繰り返す。

一方、小瓶をしまいながら教授は言う。

「スコットランドで手に入れた、妖精《ようせい》の粉だ。これを振りかけると、幻妖やあやかしはしばらくの間、普通の人間には気配を悟られなくなる」

その言葉通り、抱いている綿毛羊の姿がなんとなくおぼろげになり始めた。驚いていると、教授がどことなく得意げな顔になる。

「お前には半透明ぐらいに見えているだろう？　ハーフヴァンパイアの血のおかげだ。普通の人間には今のウールの姿は視認できず、声も聞こえない」

「どうしてそんなものをこの子に……？」

「お前の家に連れ帰るのだろう？」

向けられたのはほのかな笑み。

「綿毛羊ならば人里を通ることにも慣れているだろうが、お前に抱かれて移動するとなると、多少勝手も変わるだろう。他の人間に姿を見られてしまわないとも限らない。だがこれでもう大丈夫だ。綿毛羊は旅人ゆえに順応性も高い。馬小屋のようなお前のアパートで暮らしても問題はないだろう」

世話の焼ける眷属《けんぞく》だ、と肩を竦《すく》めて、教授は今度こそ背を向ける。

思わずぽかんとしてしまった。

氷室教授はいつも尊大で、身勝手で、危険な役目も平然と押しつけるような人だ。なのにまるで手助けをするようにこんな親切なことをしてくれるなんて。

「何か企《たくら》んでいるわけではないですよね……？」

「企む？　馬鹿を言え」

　やれやれ、と言いながら振り返る。

「ウール曰《いわ》く、お前は独りぼっちなのだろう？」

　黄金を溶かし込んだようなブロンドが陽だまりのなかで輝いた。

　こちらを見つめる青い瞳《ひとみ》は、どこか温かい。

「しかしお前は私の眷属だ。眷属とは血に連なる存在、つまり人間で言うところの――家族のようなものだ。であれば、その友人の手助けをすることぐらい、私もやぶさかではないさ」

　目の前でスーツに包まれた肩が竦められる。

「お前には私がいる。自らを孤独だなどともう思うな」

　理緒は「え……」と言葉を失い、教授はそのままひとりで歩いていってしまう。

　なんと言えばいいか、思いつかなかった。

　たとえば、こっちは人間に戻りたいのだからヴァンパイアの氷室教授に家族なんて言われても困りますとか、そもそも僕にはちゃんと両親がいますからとか、言い返す言葉はいくらでもあったろう。しかしなぜか口が動かない。

　戸惑っていると、腕のなかの綿毛羊――ウールが見上げてくる。

「りお？　どうした？」

「あ、いえ、えっと……」

躊躇いつつも、誤魔化すように説明する。

「僕は今、大学の近くのアパートに住んでるんですが、そこに君を連れていっていいそうです。一緒に……きてくれますか？」

ウールは「本当かぁ！　いくいくーっ！」と小さなお尻《しり》を振って喜んだ。

一方、理緒は再びスーツの背中に視線を向ける。

氷室教授。

尊大で、身勝手で、危険な役目を平然と押しつけてくるような人で……けれど命の恩人で、今は妙に優しいことを言って、ウールを連れていく手助けをしてくれた。

一瞬、ほだされそうになる。

だが慌てて首を振った。

……氷室教授はヴァンパイアです。確かに命の恩人ですけど、僕は人間に戻りたいんですから！

「早くしろ、理緒。私の鞄《かばん》も路上に置きっぱなしだからな。忘れずに持って帰るんだ」

「わ、わかってますよ……！」

言い返しつつ、慌てて追いかける。

やっぱり教授はこういう人だ。

ちょっと親切にされたからって気を許してはいけない。そう思いながら理緒はスーツの背中を追いかける。


かくして『髪絡みの森』の事件は解決した。

理緒は11世紀の人間たちのように森を切り拓《ひら》き、未知を既知へと変えた末、新しい友人を得た。

そして日々は続いていく。少しだけ賑《にぎ》やかさを増して、新しい明日《あした》がやってくる。

第二章　人狼と呪わずの書

夢をみていた。

命を落としかけた、あの夜の夢だ。

夢のなかで理緒《りお》は大学の敷地《しきち》を歩いている。正門をくぐり、銅像の前を通って、花壇を眺めながら一号館や二号館の横を通り、そして中庭に差し掛かった時のこと。

邪悪なモノに出会った。

逃げて、逃げて、逃げて、中央棟のなかに潜り込んだ。けれどあいつはどこまでも追いかけてくる。薄暗い常夜灯。リノリウムの床を駆ける自分の足音。背後から恐ろしいものが近づいてくる気配。

これは夢だ。そうわかっているのに焦りが胸を焦がしていく。階段を駆け上がり、広いフロアへ出て、ゾッとした。

目の前には『ガラスの階段』。駄目だ、と思った。今みている夢があの夜と同じなら、ここで自分は胸を切り裂かれ、階段から転げ落ちてしまう。

もう何度もこの夢をみていた。不思議なことに襲ってくる『人ならざるモノ』の姿は霞《かすみ》がかかったようにぼやけている。

だが魔の手は必ず理緒へと届き、胸を引き裂かれ、『ガラスの階段』から転げ落ちることになるのだ。

きっとあの日の恐怖が心に刻み込まれているのだろう。

誰もいない場所で、人知れず消えていく。あの絶望感は二度と味わいたくない。

「……あ」

そんな気持ちに反して、胸から鮮血が飛び散った。

目の前には邪悪な『人ならざるモノ』。やはりその姿はぼやけていてよく見えない。

理緒は真っ逆さまに落ちていく。自分の手が所在無げに揺れ、赤い水滴がまるで天の川のように宙に弧を描いていく。

何度も経験したから、この後、どうなるかも知っている。夢のなかの自分は床に激しく叩《たた》きつけられ、冷や汗でびっしょりになって目を覚ますのだ。

また、あの最悪な目覚めを迎えることになる。もはや諦観《ていかん》に似た気持ちで理緒は瞼《まぶた》を閉じて――ふいにもこもこした柔らかいものに触れた。

「え……？」

中央棟の固い床じゃない。夢のなかの理緒は大きくバウンドし、気づけば周囲はもこもこしたもので溢《あふ》れていた。

白くて丸い綿菓子。キャラクター化した雲のようなもの。宙を転がる毛糸の玉。とにかくもこもこしたものだらけだ。

「な、なんですかこれーっ!?」

思わず大声で叫び、そして——はっと目が覚めた。

学生アパートの自分の部屋だ。六畳の間取りには物がほとんどなく、腰ぐらいの高さの小さな本棚には大学の教科書やノートがしまってある。今は布団で部屋のほとんどが埋まっていて、テーブル代わりのちゃぶ台は折り畳んで壁際に置いてある。

窓に掛けてあるのは日光を遮るための遮光カーテン。安物なのでうっすらと朝日が差し込んできていた。

「んあ？　りお、起きたのかー？」

あくび交じりの声は腕のなかから聞こえた。

昨日から一緒に住むことになった綿毛羊《わたげひつじ》——ウールだ。

もこもこの体で軽く身じろぎし、ウールは自慢げな顔をする。

「どうだ？　おれの抱き心地、最高だったろー？」

……ああ、そうでした、と理緒は思い出す。

昨日、ウールを連れ帰ってきて、教授からのレポートをなんとか書き上げた後、布団に入って眠ろうとした。しかし疲れが溜《た》まっていたのか、どうにも寝付けない。

するとブランケットにくるまって巣の代わりにしていたウールがこっちにきて、『眠れないのか？　おれを抱いて寝たらきっともこもこでいい感じだぞ』と自分を抱き枕代わりにしてくれたのだ。

理緒は文字通り、もこもこの毛を撫《な》でる。

「ウールの体……綿菓子みたいですね。もしくは雲とか毛糸玉のような……」

どうやら夢のなかで叩きつけられずに済んだのは、この毛並みのおかげだったらしい。

「綿菓子？　雲？　毛糸玉？　なんのことだ？」

「いえ……」

ふわりと笑みがこぼれた。笑いながらウールの鼻先に顔を寄せる。

「最高の寝心地でした。ありがとうございます、ウール」

「だっろー！」

独りで寝ていた時はいつも悪夢にうなされて、ひどい目覚めばかりだった。誰かがそばにいてくれる、それはなんてありがたいことなのだろう。

ちなみに氷室《ひむろ》教授命名の『ウール』について、理緒は羊だからウールって安直過ぎるんじゃ……と心配だったのだが、ウール本人はあまり気にしていないらしい。

むしろ自分に名前がついたことが嬉《うれ》しいらしく、理緒が名前を呼ぶと、耳が楽しげにちょっと動いたりする。

「……っと、そろそろ起きないとですね」

本棚の上に置いてある時計を見て、布団から起き上がった。

時刻は朝の六時前。もう少しで目ざまし時計が鳴るところだったが、その前に止めて身支度を始める。朝食はまだ食べない。

着替えを済ませて洗面台の方へいき、鏡を覗《のぞ》くと案の定、自分の姿が半透明に映っていた。鏡の中で理緒の体は薄《う》っすら透けていて、その向こうに洗面所の壁と洗濯かごが見えている。

「ああー……」

ヴァンパイアは鏡に映らないという特性がある。寝起きでまだぼんやりしているから、どうしてもその特性が色濃く出てしまっていた。毎朝、これを見ると微妙な気分になる。

「僕は人間です。僕は人間です。僕は人間です……よしっ」

気合いを入れるため、パンッと自分の頬を叩く。すると半透明だった体がはっきりと映り始めた。

小っちゃな前脚で洗面台に乗り出し、鏡を見ていたウールがしみじみと言う。

「苦労してるんだな、りお……」

「そう言ってくれるのはウールだけです……」

こちらもしみじみと返した。思わず、ほろりときそうになってしまう。

「僕、これから出かけますけど、ウールも一緒にきますか？」

「いいのか？」

「ずっとこの部屋にいるのも退屈でしょうし。あ、でも氷室教授がかけてくれた妖精《ようせい》の粉の効力はもうないんでしたっけ……」

昨日、森から出る時は半透明だったウールだが、今は鏡に映った理緒と同じく輪郭がはっきりしている。これだと普通の人にも姿が見えてしまうのだろう。外にいくのは難しいかもしれない。

「それなら大丈夫だぞ。ほら！」

ポンッと突然、煙が上がった。

煙が晴れると、ウールが親指ぐらいの小さなサイズになっていた。綿毛のようにふよふよと宙に浮き、理緒のシャツのポケットへすっぽりと収まる。

「こうやって隠れてれば、誰にも見つからないよな？」

そういえば綿毛羊は小さくなってタンポポの綿毛のように旅をする、と教授が言っていた気がする。これが旅をする時の姿なのだろう。

「びっくりしたり焦ったりすると、元の大きさに戻っちゃうこともあるけど、昨日、りおとここまで歩いて、人間の街のなかを歩く感じもわかったし、もう大丈夫だぞ。おれは怖がりじゃないからな」

「なるほど、頼もしいです」

怖がりじゃない、と豪語するウールの鼻先を指先で撫で、理緒は笑みを浮かべる。

「じゃあ早速、一緒にいきましょうか」

「人間の通う、大学ってところか？」

「最終的にはもちろん講義を受けに大学へいくんですが……」

時計を見れば、まだ六時半。この学生アパートは霧峰《きりみね》大学のすぐそばなので、時間的にはまだまだ早い。しかしそろそろ出なければいけない頃合いなのだ。やや微妙な気持ちで理緒は言う。

「まずは……氷室教授のマンションにいきます」

「えっ、ひむろってあのおっかないヴァンパイアだろ⁉　その住処《すみか》にいくのか⁉」

「はい、あのおっかなくて人でなしなヴァンパイア教授のところにいきます……」

驚くウールと同じく、とても微妙な気分で頷《うなず》く理緒だった。

大学からちょうど駅を挟んだ反対側は新開発地区と呼ばれている。人口増加に伴う区画整理が進んでいる地域で、新しく作られた駅ビルやショッピングセンターが立ち並んでいる。

理緒はウールを連れ、その一角の高級なタワーマンションにやってきた。

教授から預かっている合鍵《あいかぎ》で玄関のドアを開け、そのまま寝室へ向かう。ヴァンパイアといえば棺桶《かんおけ》で寝るというイメージだが、氷室教授は普通にベッドを使っている。

そもそもヴァンパイアの棺桶は日光対策なので、弱点を克服している教授には不要なのだそうだ。

シックなモノトーン調で揃《そろ》えられた寝室には観葉植物と間接照明が置かれ、窓のブラインドからは木漏れ日のように朝日が差し込んでいる。

理緒は遮光カーテンをしていないと絶対に寝過ごしてしまうので、こういうところは羨《うらや》ましい。

クイーンサイズの広々としたベッドで、氷室教授は静かに眠っていた。

寝息一つ立てず、その寝顔はまるで精巧な人形のように美しい。小さなウールを胸ポケットに入れたまま、少しの間、ぼんやりと見つめた。朝日に照らされ、金色の髪が淡く輝いている。

「なあ、りお。こいつ、ちっとも起きないな」

「氷室教授って、実は朝が弱いんです」

「え、なんでだ？　ひむろって日光とか大丈夫なんだろ？」

「ヴァンパイアは夜型なのに、人間っぽい生活サイクルにしようとして無理やり寝てるから寝起きが悪いんだそうです。単純な寝不足みたいな感じだそうで」

「へー」

「そういうわけで僕が毎朝、教授を起こす役目をさせられてるというわけです……」

「え、毎朝か？」

「はい、毎朝」

「そのために早起きして、わざわざここにきてるのか？」

「そのために早起きして、わざわざここにきてます」

「苦労してるんだな……」

「はい、とっても……」

今度はほろりと泣いてしまった。

教授は本当に寝起きが悪く、三週間前、最初に起こしにきた時にはベッドのまわりに大量の目覚まし時計が置かれていた。

正直、『なんで僕がこんなことしなきゃいけないんでしょうか……』と思っていたものの、毎朝、大量の目覚まし時計が大合奏をしていたら間違いなく近所迷惑になってしまう。

仕方なく毎日こうして通っているうち、日課のようになっていた。

おかげで朝はいつも忙しい。自分の支度をして、教授を起こしにきて、ついでにここ最近は朝食やお弁当の準備までしている。

それにしても、こうしてそばで会話していても起きる気配がぜんぜんない。朝の教授は本当に無防備だ。

「教授、ほら起きて下さい」

手を伸ばし、強めに肩を揺さぶる。

「う……」

小さく呻《うめ》くような声を上げ、長いまつ毛がかすかに揺れた。

「ひつじの……においが……する……」

「まあ、するでしょうね」

「おれがいるからなー」

ポケットからふよふよと浮き、ポンッと煙を上げて、ウールが元の大きさに戻った。そのまま教授の上に着地。それでも起きない。

「……ひつじ……が……いっぴき……ひつじ……が……にひき……」

「いや寝ながら羊を数えないで下さい。羊を数えるのは眠れない時ですよ。どういう状況なんですか、それは」

「……ひむろって本当に朝弱いんだな」

数えられてる羊がちょっと引いていた。

「教授、ほら起きて。今日は一限目から講義でしょう?」

「こうぎ……ああ、そうだな、講義にいかなくては……」

少し会話が成立してきた。身じろぎし、ブロンドをかき上げながら、教授がゆっくりと体を起こしていく。

パジャマ代わりのワイシャツはボタンが留まっておらず、白い肌が見えていてなんともだらしない。

目つきはまだ気怠《けだる》そうで、教授はぼんやりと自分の膝《ひざ》の方を見る。

「……？　理緒、いつの間にかずいぶん丸みを帯びたな。髪がもこもこしていて、まるで羊のようだぞ……？」

「教授、そっちはウールです」

「ウール……？　……はて、新しいペルシャ絨毯《じゅうたん》など頼んだ覚えはないが……。リビングに敷くにしても丸すぎる。センスを疑うぞ……」

「おれはお前の目を疑ってるぞ」

「僕も右に同じです」

「はて……？」

教授はまだ夢現《ゆめうつつ》な顔でもこもこした体を摑《つか》み、不思議そうに眺めている。ウールは真ん丸な体を縦に引っ張られたり横に伸ばされたりしているが、毛だから痛くはないようで、されるがままの呆《あき》れ顔《がお》だった。

「もしもおれを絨毯代わりに敷いたりしたら、一晩中大泣きしてやるからな？」

「一晩中泣く絨毯？　ああ、それは愉快なあやかしだな。ヴァンパイアには関係がなさそうだが、研究してやらんこともない。よし、調査に向かわねば……」

「向かいません。教授が向かうのは調査じゃなくて、一限目の講義です」

駄目だこりゃと思って、無理やり腕を引っ張る。

「ほら、まずはベッドから下りて。それで顔を洗ってくること。今日のスーツは僕が出しますから、これと、これと、はいこれです」

強制的にベッドから下ろし、クローゼットからスーツの上下とワイシャツとネクタイを差し出した。

教授はまだウールを持ったままぼんやりしている。あの教授がぬいぐるみのような羊を抱いているのは面白いけれど、楽しんでいたら時間がどんどん過ぎてしまう。

「はい、こっちにきて下さい！」

背中を押して洗面所に連行。ウールを取り上げて、教授をお風呂《ふろ》場に押し込んだ。服のセットは洗面台に掛けておく。

熱いシャワーを浴びると教授は目を覚ますからこれで大丈夫だろう。朝の一番の大仕事は完了だ。

今度は急いでキッチンにいき、手早く朝食の支度を始めた。

氷室教授はヴァンパイアだが、普通に人間と同じような食事もする。曰《いわ》く、生きる糧にはならないが味を楽しむことはできるそうだ。教授にとって人間の食事は嗜好《しこう》品の一つであるらしい。

冷蔵庫からヨーグルトを出してお皿に入れ替え、フルーツをカットして投入。卵を割って牛乳と砂糖でタネを作り、それに食パンをひたしてフライパンで焼く。焦げ目をつけたらシナモンを振ってフレンチトーストの出来上がり。

あとは軽くサラダを作ってコーヒーメーカーのスイッチを入れると、ウールがダイニングテーブルの縁からこっちを見ていた。

「なあ、理緒って毎日こんなことしてるのか……？」

「してますよー。朝は本当、大変なんです。寝起きの教授はポンコツだから僕がしっかりしないといけないし、朝食はもとより最近はお昼のお弁当まで作ってるからとにかく時間がなくて。まあ徐々に慣れてはきましたが」

「なんかお手伝いさんって感じだな」

「う……っ」

ひと仕事終えた達成感でついつい胸を張ってしまったが、『お手伝いさん』という言葉が脳内で『眷属《けんぞく》』に変換され、理緒は「いやいやいや」と首を振る。

「違うんです。ここで自分の分の朝ご飯やお弁当を作っておけば、食費が浮くからちゃっかり便乗してるだけなんですよ。ほら、お金のない学生の知恵ってやつです。人に迷惑を掛けたくないと思って生きてきた反動で、人のお世話を焼くのが楽しくなってしまって、いつの間にか自然に眷属的な働きをしちゃってるわけでは決してないんですっ」

ウールにというより自分に言い訳をしていると、脱衣所のドアが開く音がして、教授がシャワーから出てきた。

さっきまでの寝ぼけっぷりが嘘《うそ》のようにスーツを着こなし、ビシッと決まっている。心なしか朝日でキラキラしているようにすら見えた。

「おはよう、諸君。良い朝《い》だな。理緒、とりあえずはコーヒーだ。ウールも私に顔を見せにきたか。良い心掛けだ。よし、お前にも朝食を振る舞ってやろう。なに、気にするな、旅人をもてなしてやるのは貴族の務めだ。理緒、サラダを追加だ。羊ならば草を食《は》むことはできるだろう」

「…………」

「ん？　どうした？」

眷属的な働きをしているわけじゃない、と言い訳をしたばかりなので、なんだか素直にコーヒーを出したくない気分だった。微妙な顔で固まっていると、無駄にキラキラした爽《さわ》やかさで教授が顔を覗《のぞ》き込んでくる。

「まさか寝ぼけているのか？　やれやれ、朝の一分は昼の一時間に相当するというくらいだ。いつまでも寝ぼけていては人生の損になってしまうぞ。この国には早起きは三文の得という言葉があるだろう？」

「……さっきまで寝ぼけてた人がよく言いますね、ほんと」

「寝ぼける？　私が？」

　ふむ、と首を傾《かし》げる。

「ウール、私は寝ぼけていたか？」

「おれは絨毯だからわからん」

「ほう、面白いジョークだ。いささか意味不明で優雅さには欠けるが、ジョークで私の朝を彩ろうとする意気は買おう。理緒、喜べ。私たちの客人はジョークが得意なようだぞ」

　楽しげに言って、教授はテーブルの自分の席に着く。

　この部屋には研究室と同じく北欧や欧州の家具が揃っていて、テーブルも有名なデザイナーの作品だそうだ。

「そうだ、レポートはちゃんと仕上げただろうな？」

「ええ、あとで研究室に持っていきますよ」

　結局、コーヒーを淹《い》れて教授の前に置いた。シュガーとミルクのミニピッチャーも一緒に。普段の教授はブラック派だけど、朝だけは砂糖とミルクを入れるのだ。

　それを口に運びながら、教授はタブレットで新聞を読み始める。

「この匂いはフレンチトーストか？　いいチョイスだ。朝から糖分を取ると、脳に栄養が行き渡る」

「ヴァンパイアにもそういうこと関係あるんですか？」

「いいや？　気分の問題だ。それにお前の作るフレンチトーストは上品な味がする。私という主人に対する敬意が込められているからだろうな。糖分と相まって、一限目から講義がある日には実にいいチョイスと言えるだろう」

「敬意なんて込めてませんし、褒めてもトーストの量は増えませんよ」

どうでもいい会話をしながらキッチンに戻って、熱々のフレンチトーストをお皿に載せる。

量は増えないとは言ったものの、二人分のフレンチトーストを見比べて、教授の分はなんとなく大きい方のやつにした。

別にほだされたわけじゃない。決してほだされたわけじゃありません……と自分に言い訳をしつつ、ウールの分のサラダも作って、お皿を運ぶ理緒だった。


朝食の食器洗いをした後、講義の準備で早めに出る氷室教授を送り出し、理緒はリビングで少しくつろいだ。

学生アパートの部屋にはテレビがないので、教授の部屋の大型テレビを眺めながらのんびりするこの時間はわりとお気に入りだった。

ふと見たらウールはソファーで丸くなっていた。窓からの日光が心地好《よ》いらしく、ウトウトしている。教授曰く、綿毛羊は光合成もできるらしいので、日向《ひなた》ぼっこで栄養を摂《と》っているのかもしれない。

「そろそろ大学にいきますけど、ウールはどうしますか？」

「おれ、ここでゴロゴロしてる～」

「じゃあ、帰りに迎えにきますね」

苦笑しながら言い、程なくしてマンションを出た。

今日のカリキュラムに教授の講義はないので、一限目、二限目とも平和に過ごすことができ、お昼になってからレポートを提出するために研究室へ向かった。

「きちんと五十枚書いたのだろうな？」

「えっ、ウールを連れて森を出た後、二十枚にまけてくれるって言いましたよね⁉」

レポートを鞄《かばん》から出している最中、しれっととんでもないことを言われたので、目を剝《む》いて反論した。

昨日、『髪絡みの森』を出た後のこと。教授自身が『今日はあやかし調査があったからな。眷属への労《ねぎら》いだ』と言って、レポートを二十枚にしてくれると言ったのだ。それでも一晩で書くのは大変だったのに今さら五十枚なんて言われたら、もう逃げだすしかない。

戦々恐々としていると、教授は肩を震わせて「くく」と笑った。

「冗談だ。お前の慌てた顔はいつ見ても飽きないな」

「いやいや性質《たち》が悪過ぎると思うんですが……っ」

「冗談のことか？　それともお前をからかうことを趣味にしていることか？」

「どっちもです！」

まったく……と毒づき、レポートを手渡す。そしてもう一度鞄に向かいかけていた手を止めた。

「今日のお昼ご飯、教授の分のサンドウィッチも作ってきたんですけど、やっぱり持って帰ろうかなと思います」

「理緒」

いきなり真顔になった。素早くレポート用紙に目を通し、教授は真剣な口調で言う。

「このレポートは素晴らしいな。6世紀にヌルシア・ベネディクトゥスが西欧修道制を確立したところから、如何《いか》にしてその思想が受け継がれ、11世紀の大開墾運動に繋《つな》がっていったかが要点を押さえてつぶさに記述されている。これはS評価だ。お前は私の講義をしっかりと血肉にしている。褒めてやろう。胸を張って今後の人生を生きていくといい」

どうやらこちらの機嫌を取っているつもりらしい。嗜好品だけあって、教授は意外に食事を大切にしているようだ。

「はいはい、わかりましたよ。どうぞ、召し上がって下さい」

ちょっとは日頃の意趣返しができたので満足し、ランチクロスで包んだお弁当箱を渡す。実際、今日のサンドウィッチは肉厚のサーモンを使った自信作なので食べてほしかったというのもある。

「じゃあ、僕はこれで。あ、そうだ。ウールがまだ教授の部屋にいますから帰りに迎えにいきますね」

「そうか、いいだろう」

貴族のような洗練された手つきで教授はランチクロスを開いていく。

「しかしお前が帰路に就くのは五限目を終えた後になるぞ？」

「え？」

思わず目を瞬《しばた》く。今日のカリキュラムは四限目までしか入れていない。五限目は空いているのにどういうことだろう。少し考え、まさか、と思った。

「二日続けてあやかし調査……なんてことはないですよね？」

「違う」

てっきりまた連れ出されるのかと思ったが、教授の返事は予想外なものだった。

「ゼミだ」

「ゼミ？」

「そうだ。喜べ、理緒」

サンドウィッチを手にしつつ、教授はやたら大仰に言った。

「お前も今日から私の氷室ゼミに参加させてやろう」

何度も瞬きし、「……はい？」と理緒は首を傾げた。

そんなふうに教授から一方的に宣告されたのが数時間前のこと。

お昼を食べ、三限目、四限目の講義も終えて、理緒は再び教授の研究室に戻ってきた。

扉を開くと、アンティークな高級家具店のような部屋のなかには十人弱の学生たちがすでに集まっていた。

この研究室にこんなに人がいるところを見るのは初めてだった。髪が銀色のチャラそうな人がいたり、背の高いスポーツマン的な人がいたり、学生の雰囲気に統一感はあまりない。

いつもは部屋の隅にある折り畳みテーブルが組み立てられ、真ん中に置いてあった。学生たちはパイプ椅子に座って、それぞれに本を読んだり、スマートフォンをいじったりしている。ちなみにこの折り畳みテーブルとパイプ椅子は大学の備品なので、教授の私物のような高級感はない。

まだゼミは始まっていないらしく、氷室教授はいつものロッキングチェアに座って何人かの学生と話し込んでいた。

ゼミなんて本来、一年生が入るようなものじゃないので、なんとなく気後れしながら理緒は一番扉側のパイプ椅子に座った。

氷室ゼミ。あの氷室教授がやっているとなると、一体、どういうゼミなのだろう。

霧峰大学では早ければ二年生からゼミに顔を出し、そのまま三年生、四年生と通して所属できる。一年生で呼ばれた理緒は異例と言えるかもしれない。

見たところ、学生たちは教授に対して緊張や気後れしている様子はなさそうだった。なんとなく付き合いが長そうな雰囲気もある。

……ひょっとして、この人たちは教授がヴァンパイアだってことを知ってるんでしょうか？

そんなことを考えて、いやそんなことあるはずない、と思い直した。

氷室教授は研究室にコウモリを呼びこむような無茶なところはあるが、一応、正体は明るみに出さない方向で日々過ごしている。いざとなったら記憶をいじるみたいなことを言っていたし、いくら自分のゼミだからと言って、学生たちに正体を明かすようなことはしないだろう。と思っていたら。

「ちーす。氷室教授の眷属《けんぞく》ってお前か？　人間なのにハーフヴァンパイアにされたんだって？　マジやべえじゃん！　超ウケる！」

「はいっ!?」

スマホをいじっていた男子学生がこっちにきて開口一番にとんでもないことを言ってき

た。

教授の正体どころか、ハーフヴァンパイアのことまで言及され、心臓がバクバクと音を立てる。

ちなみにヴァンパイアは心臓が止まっているという特性もあるが、理緒の場合は半分人間のせいか、きちんと心臓は動いている。その心臓が加速度的に鼓動を増し、上手《うま》く口がまわらない。

「いや、あのっ、えっ、えっ……えっ⁉」

返事ができずにいると男子学生がパイプ椅子を引きずってきて、隣に座ってしまった。

「とりま連絡先交換しようぜ？　こっから長い付き合いになるだろーしな。俺は三年のリュカ。一応、ここでは留学生ってことになってんだ。よろ！」

リュカと名乗った学生は確かに日本人離れした見た目をしていた。

彫りの深い顔立ちに髪の色は銀色。毛先をワックスで遊ばせ、身軽なTシャツ姿で、どことなく雰囲気が遊び人っぽい。アクセサリーを色々身に着けていて、動く度にチェーンがジャラジャラと音を鳴らしている。

しかしそんなことはどうでもいい。それよりも大問題なことがある。

「教授っ、氷室教授！　こ、この人が僕のことを……！　ハ、ハーフヴァンパイアって呼んだんですが⁉」

「静かにしないか、理緒。早朝の雄鶏《おんどり》か何かか、お前は」

こっちの慌てぶりとは対照的に教授の反応は冷ややかだった。

「私は今、あやかしの目撃談をまとめているところだ。下らないことで邪魔をするな。主人を静かに待つことくらい、番犬でもできることだ」

「いや下らないことじゃありませんから！　僕をはっきりハーフヴァンパイアって言ったんですよ!?　いくらあやかしの目撃談を聞いてるからって……え？」

あやかしの目撃談？

百歩譲って、あやかしの噂《うわさ》を学生たちから聞いているというのならわかる。

本棚に収まっている文献や蔵書が示す通り、海外民俗学者の氷室教授が個人的にあやかしの研究をしていることは一般の学生にも知られているからだ。しかし目撃談となると話が違ってくる。それはあやかしが実在することを踏まえた言葉だ。

「あー、理緒っつったか？　そういう心配なら必要ないぜ」

隣でリュカがにやりとしながら頬杖《ほおづえ》をつく。

「なんせここにいる奴ら全員、そっち方面の関係者だからな」

「か、関係者……？」

「そ」

キラッとリュカが妙なキメ顔をしてみせる。

「ちなみに俺は人狼《じんろう》だぜ?」

「じ、じんろう? ……人狼!?」

「そーそー、人狼。狼男《おおかみ》ってやつ。俺ってば満月の晩にはすげえパワフルになるんだぜ。ほれ、証拠の犬歯」

「……っ」

自分の頬を引っ張って、歯を見せてきた。確かに異様に長い。まるで狼のようだ。

「ってか、こういうことなら俺より他の奴の方がわかりやすいよな。おーい、沙雪《さゆき》。理緒にちょっといつもの見せてやれよ」

呼びかけられて答えたのは、ちょうど教授と話し込んでいた学生のひとりだった。

長いポニーテールが特徴的で、着ているのはゆったりとしたカットソー。見た目は普通の女子学生に見える。ただ、リュカと同じで顔立ちがやや欧米人っぽかった。

沙雪と呼ばれたその人は途端に不機嫌そうな顔になる。

「嫌よ。なんでわたしがばか犬の頼みなんて聞いてあげなきゃいけないの? あんたが満月見て変身でもすればいいでしょ?」

「いや外見ろ、外。メチャクチャ太陽出てんじゃねーの。満月なんてどこにあんだよ」

リュカが言い返すと、氷室教授も割って入るように口を開いた。

「まったく、落ち着いて目撃談を聞くこともできん。沙雪、理緒に見せてやれ」

「わかりました、氷室教授っ」

手のひらを返すように沙雪は素直に頷《うなず》き、リュカが「俺との態度の違い……」と傷ついた顔をするなか、細い右手が掲げられる。

「理緒くんだっけ？　御覧あそばせ？」

沙雪がどこか妖艶《ようえん》に微笑《ほほえ》むと、手のひらから氷の粒のようなものが舞い散った。それはきらきらと舞い、風に溶けるようにすぐに消えていく。まるで手品のようだ。でも薄いカットソーの袖《そで》には種も仕掛けもあるようには見えない。

「わたしは風花《かざばな》沙雪。日本の雪女と海外の雪の精霊《スノー・フェアリー》の混血よ。教授には雪の混血《ミックス・スノー》っていう種族名を頂いたけど、まあわかりやすく雪女だと思ってくれていいわ」

「ゆ、雪女……」

理緒は唖然《あぜん》としてしまう。

人狼に雪女、それにヴァンパイア。他の学生たちも氷の粒に驚いたりはせず、むしろ理緒の反応を見て楽しそうな顔をしている。この分だとたぶん全員、普通の学生じゃない。

「な、なんなんですか、このゼミは……？」

「昼間にも言っただろう？　これが私の氷室ゼミだ」

教授もこちらの反応を見て楽しくなったらしい。唇の端をつり上げて、ロッキングチェアの肘《ひじ》置きで頬杖をつく。

「ここにいる者たちは皆、海外からやってきた幻妖《げんよう》やその混血だ。だいたいが行く当てのない者たちだからな、私が学籍を与えて面倒をみている。この大学に秘密裏に作った幻妖たちの教室、それが私の氷室ゼミだ」

「げ、幻妖たちのゼミってことですか!?」

にわかには信じられない。大学のなかにヴァンパイアの教授がいるだけでも非現実的なのに、まさか他の幻妖たちを集めてゼミまで作っているなんて。

「代価として彼らにはあやかしの情報収集をさせている。このゼミでは講義は行わない。目的はあくまで私の研究の役に立つことだ」

「こ、公私混同も極まれりじゃないですか……っ」

「お前も今日から我が氷室ゼミの一員だ。光栄に思え」

「光栄に思える要素がどこにも見当たりませんって！　勘弁して下さいよ……っ」

幻妖だらけのゼミに入るなんて、人間からさらに遠ざかるような気がして堪《たま》ったものではない。しかし断るという選択肢はないようだった。

「人間に戻りたいのだろう？」

「う……っ」

「であれば、お前にとっても悪い話ではないはずだ。我が研究への知識を深めれば、お前はより私の役に立つことができる。助手が賢くなればヴァンパイアのルーツを探る私の研究もさらに前進するに違いない。結果的にお前が人間に戻れる可能性も増すというわけだ。違うか?」

「…………」

あまり頷きたくはない。しかし自分の知らないところで教授と幻妖の先輩たちが暗躍してると思ったら、もうウールが抱き枕になってくれても眠れる気がしない。結局、理緒は氷室ゼミに参加するしかなかった。

「ああ、どうしてこんなことになるんでしょうか……」

ハーフヴァンパイアになっただけではなく、まさか幻妖のゼミに所属することになるなんて。入学からこっち、どんどん理想の大学生活から遠ざかっている気がする。

そうして肩を落としていると、チャイムが鳴り響いた。

五限目開始のチャイムだ。それを聞き、教授は「まったく」と軽くため息をつく。

「理緒の相手をしている間に講義の時間になってしまったぞ。手のかかる眷属を持つと、主人は苦労させられるものだな」

「それはすみませんでしたね……」

「まあいい。下々の者の面倒を見てやるのも貴族の義務だ。残りの調査報告は全体会議のなかで聞くことにする」

そう言うと、教授はロッキングチェアから立ち上がる、逆に他の学生たちはパイプ椅子に着席した。

「これよりゼミを始める。事前に周知しておいた通り、今日からは私の眷属、神崎《かんざき》理緒も出席させることになった」

眷属はやめて下さい、と言いたいけれど、さすがに慣れないゼミで口を挟む勇気はなかった。見たところ、新一年生は自分だけのようだ。全員、去年からの繰り上がりなのだろう。

「知っての通り、我がゼミの目的はあやかしの情報収集だ。春休暇の間、各自さぞ有益な目撃談や噂話を仕入れたことだろう」

理緒の紹介もそこそこに教授は本題に入った。しかも本当にあやかしの情報収集がゼミの活動らしい。こんなの大学側が許すんでしょうか……と思っていると、隣のリュカが小声で耳打ちしてくる。

「まじかー、って顔してんな、理緒。もちろん大学のお偉いさんたちは俺たちが幻妖だったり、教授がゼミでこんなことをしたりしてんのは知らないぜ。なんか教授が上手いこと誤魔化してるんだと」

「……もしかして記憶をいじったりですか？」

「あー、たぶんそんな感じじゃね？」

えらく軽い感じで頷かれた。しかし人間の学生としては戦慄《せんりつ》を禁じ得ない。まるで子供向けテレビに出てくる悪の組織か何かのようだ。

見ていると、氷室教授は学生たちをひとりひとり名指しして、あやかしの情報を発表させている。さっきもロッキングチェアに座りながら同じことを聞いていた気がするが、どうやらあれは事前にどんな情報があるかをチェックして、教授が有益だと判断したものを学生に発表させるつもりだったらしい。理緒のことで時間を取られたので、ほぼ全員が順番に発表する形式になったようだ。

この三週間、理緒は教授の調査に何回か同行させられたが、結局、あやかしなんていない、デマの噂話もあった。教授は合理主義なところがあるから、どんな情報だと当たりの確率が高いのか、学生たちに学ばせようとしているのかもしれない。

しかし素人の理緒が聞いていても、あまり信憑《しんぴょう》性の高そうな話はなかった。

「えーと、霧峰小学校のトイレにお化けが出るって話を聞きました」

「裏の小川に河童《かっぱ》が出るって、駄菓子屋のお婆《ばあ》さんが……」

「日本の絵画を見たんですが、柳の木の下には幽霊が出るらしいです！」

学生たちの発表が進むほど、教授のご機嫌がナナメになっていくのがわかった。

マズい、という空気が教室のなかに流れ出す。幻妖の先輩たちからしても、ヴァンパイアの氷室教授のお怒りは恐《こわ》いらしい。

「なーんかみんな、バイブス低くね？　しょうがねえなぁ。ここはいっちょ、このリュカ君がアゲてやりますか」

　そう言って、隣の人狼が勢いよく立ち上がった。

「はーい、教授！　俺がとっておきのネタを持ってきてるッス！」

「リュカか。いいだろう、話してみろ」

「うぃッス。ズバリ、大学図書館の『呪いの書』！」

「……呪いの書だと？」

　なぜか教授の眉《まゆ》が寄った。しかしリュカは構わずに話しだす。

　それは霧峰大学の図書館にまつわる噂《うわさ》。

　四階の、四本目の通路の、四番目の区画。そこには存在しないはずの幻の本棚があるらしい。

　図書館は一日に何百人という学生たちが利用するが、誰もそんなところに本棚があるのを見たことがない。古株の司書ですら、そこに本棚なんてあった例《ため》しはないという。

　しかし時折、ふっと現れるのだ。

　あるはずのない、幻の本棚が。

　そこには人間の世界には流通しない、奇妙な本たちが収められている。

　たとえば狐《きつね》が人間に化けるための方法が書かれた指南本、あるいは幽霊が今まで取り憑《つ》いた人間たちの末路を描いた回顧録など、人間が触れてはならない本ばかりだ。

なかでも絶対に読んではいけないのが『呪いの書』。この書には亡者たちの怨念が込められており、もしもページを開けば無数の怒りと嘆きが呪いとなって、本を開いた者に降りかかってくるという。

「怒りと嘆きが呪いになる……それって具体的にはどう呪われてしまうんでしょうか」

横で聞いていて、理緒は思わず尋ねてしまった。

するとリュカは軽い雰囲気だった先ほどまでとは一転し、真剣な表情で告げる。

「未来永劫《えいごう》、亡者の悲鳴を聞き続けることになるらしいぜ」

「リュカ」

名を呼んだのは氷室教授。不機嫌さはもう鳴りを潜めていた。思案顔で人狼《じんろう》の学生に視線を向けている。

「その噂話、お前はどこで聞いた？」

「いや実は……」

リュカはやりきれない表情で銀色の髪をかいた。

「噂自体は文学部とか社会学部の連中からちょいちょい聞いてたんス。でもなーんか嘘くせえなと思って、ずっとスルーしてて。ほら、ハズレっぽい噂を話すと、教授ってば超機嫌悪くなりますし」

うんうん、と学生たちがこっそり頷いた。

「ただちょっと事情が変わってきて……俺のまわりに『呪いの書』を実際に開いちゃったって子がいるんスよ」

「実際に開いただと？　ならばその人物は噂通り、亡者の悲鳴を聞いたのか？」

「……らしいッス。普通に講義受けてたり、昼飯食ってたり、なんでもない瞬間に突然頭が割れそうなほどの悲鳴が聞こえてくるだとかで。それですげえ困ってて、俺もあとで教授にちゃんと相談しようと思ってました」

しかも、とリュカの声のトーンが変わった。拳《こぶし》を握り締め、何やら大げさに叫ぶ。

「その呪われちゃった子って、俺のハニーなんスよ！　カレシとしてこれぜったい助けてやらなきゃでしょ!?」

「はあ!?」

勢いよく立ち上がったのは、教授の近くに座っていた沙雪だった。

「ハニー!?　カレシ!?　まさかあんたに恋人ができたって言うの!?　そんなことあるわけないでしょ。ばか犬が教授の前で妄想を語るとかやめてくれる？　ばっかじゃないの！」

「おいおいおい、妄想ってどういう意味だよ!?　俺のモテっぷり知らねえだろ!?　本当にハニーになりそうなんだよ。もう付き合う寸前だってのー！」

「寸前ということは、まだ交際はしていないわけだな？」

冷静に指摘したのは、意外にも氷室教授だった。

痛いところを突かれた顔で、リュカが勢いを失《な》くす。

「いや……っ、それは……そう……なんスけども……っ」

「ほら見なさい。ばか犬」

「うっせえよ、冷血女！」

リュカと沙雪は真っ向から睨《にら》み合《あ》う。どうやら二人はあまり仲が良くないらしい。

理緒は人が言い争う空気が苦手なので、自分が当事者でなくても縮こまってしまう。
ゼ、ゼミってこんなに殺伐としたところなんでしょうか……。
もはや幻妖《げんよう》とか人間とか関係なく、場の空気に引いていると、教授が口を開いた。

「本を開いて呪われた……か。呪いにはそれこそ星の数ほど種類があるが、今回の場合ならば最も近いのは『ブックカース』だろうな」

ブックカース……？　と学生たちの視線が教授に集まる。

「中世の欧州で流行《はや》った、簡易的な呪いだ。たとえば――」

本棚から適当な一冊が選ばれ、皆の前で開かれる。

「本の見返しや奥付など任意の場所に著者がこう記す。『この本を盗んだ者には神の裁きが下り、地獄へ落ちることとなる』とな」

教授曰《いわ》く、中世の時代には本はとても貴重なものだった。印刷機が発明される以前のことなので、一冊一冊が手書きで作られていたからだ。

その貴重さから盗難事件も多く、著者たちはどうにか盗まれないようにと本のなかに盗人《ぬすっと》を呪う言葉を記した。それが『ブックカース』——本の呪いであるという。

説明を聞き、沙雪が遠慮がちに尋ねる。

「氷室教授、単純に呪いの言葉が書かれているだけなんですか？　神の裁きとか地獄に落ちるとか、なんだか子供じみてるというか……呪いというと、わたしは丑《うし》の刻参りみたいなおどろおどろしいものを想像しますけど」

「それは時代感の違いだろうな。地獄行きというのは中世の人間たちにとって何より恐ろしい災いだった」

教授が言うには、欧州の中世は教会の力がとても強い時代だったので、多くの人々が神の庇護《ひご》を信じ、死後は審判によって天国へ導かれると考えていた。疫病や戦争で数多くの死者が出ても、いずれは天国にいけるという希望を抱いていたのだろう。

そんな時代において、地獄行きになるという呪いは何より恐ろしいものだった。

ゆえに本を盗まれることを憂えた著者たちは、最も恐ろしい『地獄行き』の呪いを本に込めたのだ。

「海外民俗学のなかには様々な『ブックカース』を集めた研究がある。呪いを単純に文字で記したもの、聖書の一部を引用したもの、果ては黒魔術の魔法陣を描いた本格的なものまで『ブックカース』は様々だ」

「魔法陣まで……確かにそこまでいくと実際に効果がありそうな気がしてきますね」

沙雪が言うと、教授は本を戻して頷《うなず》いた。

「実際、効力を有したものもあったことだろう。中世といえば魔術全盛の時代だ。ローマ近辺の教会には『本を盗んだ罪及び、呪いによって死した者のリスト』なども残されているという」

そして、と言葉は続いた。

「過渡期になると呪いにも多様性が生まれてくる。ただ地獄へ落ちるというものだけでなく、『盗人は手が蛇に変わり、喉元《のど》を食いちぎられるだろう』というものや『神の怒りが剣となって貫く』というもの、あるいは――『地獄の亡者たちの悲鳴が轟《とどろ》き、必ずや魂を焼き尽くす』というものもある」

あ、と理緒は声をもらす。

「悲鳴が轟くって……」

先ほどの話によれば、リュカの知り合いも悲鳴が聞こえてきて困っているという。だが当のリュカは慌てたように声を荒らげた。

「いやちょっと待って下さいよ。俺のハニーは本を盗んだりなんてしてないッスよ！　図書館でたまたま幻の本棚を見つけて、好奇心で『呪いの書』を開いちゃったんだって言ってましたから」

それを聞き、教授は思案するようにあご先に触れた。

「まあ、今の『ブックカース』の話はあくまで一例だ。この世には呪いなど星の数ほどある。リュカ、その呪われた人間の名は？」

「秋本《あきもと》美香《みか》ちゃんです。控えめな笑顔と黒髪がチャーミングな文学部の二年生っス」

「文学部の秋本美香か。わかった」

笑顔と黒髪がチャーミングのところは当たり前のように聞き流し、突然、教授がこっちを向いた。

「理緒、リュカと共に秋本美香から詳しい話を聞いてこい」

「は？　え、僕ですか？」

いきなりの名指しに驚いた。しかし教授は表情を変えない。

「他に誰がいる？　お前は私の助手だろう？」

「いやでも僕じゃなくてもこのゼミの先輩たちとか……」

「お前が適任だ。秋本美香が『呪いの書』を開いた時の詳しい状況が知りたい。幻妖のリュカたちよりも、人間であるお前の方が秋本美香の心情に寄り添って話が聞けるだろう。違うか？」

こういう時ばかり人間扱いですか……っ。

腹立たしいが、とっさのことで言葉が出ない。口をぱくぱくしていると、隣のリュカが勢いよく肩を組んできた。

「よっしゃ頼むぜ、相棒！　一緒に俺のハニーを救ってくれ。秋本ちゃんはいつも図書館にいるから、今からいけば間違いなく会えるぜ」

「ええっ、相棒って……っ。しかも今からですか!?　でもゼミがまだ……っ」

「構わん。今日のゼミはここまでだ。理緒、あとで図書館で合流だ。私は……」

トン、トン、と指で肘《ひじ》置きを叩《たた》き、教授は何か考える素振りで言う。

「少し調べ物をしてからいく」

その言葉と同時にリュカが立ち上がり、こちらの腕を引っ張ってきた。

「善は急げだ！　もういくっきゃないっしょ」

「ほ、本当にいくんですか。でも僕、呪いとか怖いんですが……っ」

「大丈夫だって！　なんつっても人狼の俺が一緒だからな。この国だったら呪いより俺の方がレアだろ？」

「いやレア度とか関係ありませんから！」

最初に話しかけられた時も思ったが、リュカはやたらとグイグイくるタイプらしい。正直、苦手かもしれません……と内心思うが、腕を引っ張ってくる力がやたらと強い。

「……ばか犬」

沙雪がどこか不服そうにリュカを睨むなか、結局、理緒は強引に研究室から連れ出されてしまうのだった。

腕を引っ張られて、教員棟の廊下を半ば駆けるように進む。リュカはまわりの学生たちが振り向くほどの速足だった。恥ずかしくなって理緒は堪《たま》らず声を上げる。

「あ、あの！　リュカさん、早いですっ。もう少しゆっくりお願いします……っ」

「あー、わりぃわりぃ。俺ってば、足が長くてスタイル抜群だから歩くの速くてさ」

ドヤ顔で立ち止まり、ちょうど目の前にあったエレベーターのボタンを無意味なスタイリッシュさで押す。

「あとリュカでいいぜ。敬語もなくていいって」

「いえ、でもリュカさんの方が年上ですし……」

なんとなく距離を開けながら、同じようにエレベーターの前に立つ。

「幻妖のゼミにいるのに年なんて気にしてもしゃーないぜ？　沙雪なんてあー見えて俺らよりぜんぜん年上……むぐっ!?」

慌てて口を塞《ふさ》いだ。小声で注意する。

「リュカさん！　幻妖とかそういう単語を人目があるところで言わない方がいいですっ。どこで誰が聞いてるかわからないんですから……っ」

「んー？　いやあやかしならともかく、幻妖なんて普通のやつが聞いてもわからんて。半分、教授の造語みたいなもんなんだし」

「そ、それはそうですけど……っ」

「オッケー、じゃあ理緒が俺のことをリュカって呼んだらこれからは気をつける。ってことでどうよ？」

「なんの交換条件にもなってない気がするんですが……」

「じゃあ、大声で言うわ。氷室ゼミは幻妖たちが盛りだくさんで――っ！」

「わーっ、わーっ、わかりました！　リュカっ、リュカって呼びます！　これでいいでしょう!?」

本当に大声で言い始め、ちょうどエレベーターから下りてきた教員や学生たちに注目されてしまい、理緒は慌てて譲歩した。一方、リュカはニヤッとする。

「ついでに敬語もやめてみようぜ？」

「リュカがもっとまわりに気を遣ってくれたらやめることにします」

「難しい奴だなぁ」

言葉とは裏腹に楽しそうな顔で、リュカはエレベーターに乗り込んでいく。理緒もあとに続きながら、そっとため息をついた。

なんて強引な人なんでしょうか……。

教授もだいぶ自分本位だけど、リュカはそれに輪を掛けてマイペースだった。あまり友人のいないこちらが距離感に慣れていないだけかもしれないが、正直、だいぶ疲れる。

「氷室教授もそうですし、もしかして幻妖の人たちってみんな、正体を隠すことに無頓《むとん》着《ちゃく》なんですか？」

研究室のある九階からエレベーターに乗ったのは理緒とリュカだけだった。今ならまわりに聞かれる心配もないので、愚痴半分で聞いてみる。

するとするとの景色が見えるガラスの壁に寄りかかりながら、リュカが「あーそれな」と肩をすくめた。

「教授はどうか知らんけど、俺たちは確かに正体について結構ザルかもなぁ。きっと無意識に安心してんじゃね？」

「安心……ですか？」

「ちなみに理緒の家って、この辺なん？」

また脈略のない問いだった。理緒が住んでいるのは大学近くの学生アパートだが、実家は霧峰の街の端っこにある。微妙に交通の便が悪く、また理緒自身、体が健康になって一人暮らしがしたかったので、あえて学生アパートに住んでいる。

「一応、昔からこの霧峰の街に住んではいます。それが何か？」

「ほれ、幻妖って海外あやかしのことだろ？　氷室ゼミって流れモンが多いんだよ。外からこの国にやってきて、行き場のない奴らがたまたま氷室教授に見つけてもらって、こうして居場所をもらったってわけさ。まあ一部例外もいるけど、だいたいそういう根無し草ばっかだな。どこにもいけない幻妖を集めた教室、それが氷室ゼミってわけだ」

ガラスの方を向き、リュカはワックスのついた銀髪を整え始める。

「かくいう俺もさ、もとはヨーロッパの人狼《じんろう》の隠れ里に住んでたんだ。でもなーんか退屈で飛び出して、ノリで船に乗ったらあれよあれよとこの国に流れついちゃったってわけ」

「ノ、ノリで海を渡っちゃったんですか……？」

「そ、ノリで知らない国まできちった」

てへ、とガラスに映ったリュカが舌を出す。

「けどガチ密航じゃん？　住む場所もないし、働く当てもないし、知り合いももちろんいないしで、腹減ってやべえこれ死ぬやつかも……って思ってたら、そこでひょっこり氷室教授に出会ったわけだ」

「はぁ、ひょっこり……」

「そ、ひょっこり。んで、あやかしの情報収集に協力するなら学生の籍をやろう、って言われて拾われたんだ。他にも教授が色々やってくれてバイトも出来るようになったし、学生寮にも入れたし、稼いだ金でスマホも使いまくり、服も買いまくり、言うことなしだ」

教授が色々やってくれて……の部分は何をしたのか非常に気になるところだけど、当のリュカは楽しそうである。

「ま、そんなわけでさ。俺と同じように居場所ができて、みんな、ほっとしてんだよ、きっと。だからついついぺろっと正体とか言っちゃうわけですよ」

「いやぺろっと言っちゃわないで下さい。大事なことですよ……？」

「大丈夫、大丈夫。だって理緒がゼミに入ったろ？」

「は？　え、どういう意味ですかそれ？」

「正体がバレそうになった時とか、俺たち幻妖《げんよう》が大学生活でヤバげになった時は理緒がフォローするって教授が言ってたぜ？　理緒はそういうの得意だからって」

「…………恐ろしいほどに初耳なんですが！」

どうやらこれがゼミに入れられた本当の理由らしい。

本気で頭を抱えたくなっていると、チンと音が鳴って、エレベーターが一階に着いた。

リュカが「うっし、いくべ」と自然に肩を組んでくる。

「俺のハニーの呪いを解いたらさ、記念に飲み会やろうぜ。理緒の歓迎会も兼ねてさ」

「あ、いえ飲み会は遠慮します」

「え、嫌なん？」

「僕まだ十九歳なので……」

遠回しに断った。飲み会に誘われるなんて、まさしく楽しい大学生活っぽい。でも誘ってくれた相手は人狼である。これは違う。何か違う。申し訳ないけど、お断りしたい。

そんな話をしながら歩いているうちに図書館が見えてきた。

赤い煉瓦《れんが》を模した外観の大きな建物。まわりには花壇があり、ベンチがいくつも置かれている。その正面口を通り、図書館のなかへ入った。

「この時間だと……秋本ちゃんは三階辺りにいると思う。いこうぜ、理緒」

リュカが先導して歩いていく。その背中についていきながらふと思った。

「連絡先は交換してないんですか？」

初対面でいきなりスマホを出してきたくらいだ。リュカならばハニーと呼ぶ相手の連絡先ぐらい知ってるだろうと思った。

「もちろん交換してるに決まってるっしょ。ただなぁ、秋本ちゃん、図書館だと電源切ってるらしくて、繋《つな》がった例《ため》しがねえのよー」

淋《さみ》しいなぁ、とリュカは肩を落とす。

理緒もスマホは一応、持っている。ただ同級生や大学関係の人と連絡先を交換したことはなかった。今はもっぱら実家との連絡用になっている。

三階に着くとフロアを見渡し、リュカが声を張り上げた。

「お、いたいた！　おーい、秋本ちゃーん！」

図書館でいきなり大声を上げるなんて、いくらなんでも非常識だ。理緒はぎょっとするが、リュカは構わず窓際の方へ駆け寄っていく。三階フロアには他の学生たちも大勢いて、満面の笑みで走っていくリュカを気持ち悪そうな目で見ていた。

「ああ、知り合いだと思われたくないです……」

本当はリュカについていくべきなのだろうが、理緒はフロアの入口でひっそりと待機。

一方のリュカはまわりの目なんて気にせず走っていき、窓際の読書席で足を止めた。

すぐそばの窓が開いていて、白いカーテンが風に揺れている。リュカの背中越し、レースの向こうに人影が見えた。読書席に座っていた誰かが立ち上がる。

「あ、リュカ君。来てくれたんだ……」

どこか控えめな印象の声だった。

この人が秋本美香さんなのだろう。

カーテンがそよいだ先にふわりとした髪が見えた。着ているのは薄手のカーディガンとミモレ丈のスカート。表情は穏やかで、大人しそうな雰囲気の人だった。騒がしいリュカとは対照的過ぎて、研究室で沙雪さんが言っていた通り、あまり恋人には見えない。

しかし二人の様子は意外にも和気藹々《わきあいあい》としていた。

「今日はなんの本を読んでたんだ？」

「フランス語検定の参考書。第二外国語で習ってるからいつか受けてみたいなと思って」

「ふっ、難しい本を読んでる秋本ちゃんも素敵だぜ」

「もう、また適当なお世辞言って」

「お世辞じゃねえって。マジマジ。俺、いつだって本気のことしか言わねえから」

「本当にー？」

「本当さ。命懸けて、俺の言葉はいつだって本気の真実だぜ」

リュカはキメ顔。秋本さんも笑って受け流しているが嫌がっているようには見えない。

そんなやり取りを眺めていると、ふいにこっちに話を振られた。

「今日は相棒を連れてきたんだ。ほれ、あそこにいる神崎理緒。あいつと一緒に秋本ちゃんの呪いを解決するからさ。安心してどーんっと構えててくれよ」

「相棒さん……？」

秋本さんもこっちに視線を向けてきた。もう逃げられないと悟り、諦《あきら》めて二人の方へ近づいていく。まわりの学生たちの視線が若干痛い。

「文学部一年の神崎理緒です。えっと、よろしくお願いします」

「あ、二年の秋本美香です。わたしも同じ文学部だよ。よろしくね、神崎君」

笑顔で会釈をしてくれた。年下のこちらを気遣うような優しい笑みだった。

思わずぽろっと本音がこぼれてしまう。

「なんだか……リュカには勿体《もったい》ないくらいちゃんとした方ですね」

「さらっと失礼じゃね!?」

「あ、すみません。つい心の声が……っ」

「そういうのは胸のなかにしまっとけって！　それに、その、なんだ……」

ちょっと照れくさそうにリュカが頬をかく。

「俺ら、まだそういうのじゃねえし……」

「あ……」

小さく吐息をこぼし、秋本さんの頬が薄《う》っすらと色づいた。

「そうだね、うん、まだ……」

青春っぽい空気に当てられ、理緒は目を瞬《しばたた》いた。

これは……結構、秒読み段階なんじゃないでしょうか。

周囲の予想に反して、本当に二人はいい感じっぽかった。意外に思っていると、リュカが秋本さんに説明を始める。

「俺と一緒でさ、理緒は氷室ゼミの学生なんだ。教授が海外民俗学を教えてるのは知ってるだろ？　理緒はその教授の助手してて、オカルトとかにすげえ詳しいんだ。だからぜったい力になってくれる。氷室教授も動いてくれてるし、もう大丈夫だぜ！」

どうやらリュカは呪いをなんとかする、とすでに秋本さんに話してあったようだ。それに氷室ゼミが幻妖たちの集まりであることはさすがに言ってはいないらしい。

オカルトに詳しいという紹介には頷《うなず》き辛《づら》いところだが、一応、理緒は助手らしく表情を引き締める。

「まずは話を聞かせて下さい。あ、でもとりあえずは……場所を移しましょうか？」

まわりの視線を気にしながら理緒は提案する。周囲の学生からだいぶ奇異な目を向けられていた。

リュカと秋本さんもそのことに気づいたらしく、顔を見合わせて照れ笑いをする。ほのかな幸せオーラがだだ漏れになっていた。

うーん、本当にこれは……。

沙雪さんはリュカのことを『ばか犬』と言っていたけれど、むしろ犬も食わないような状況なのではないだろうか。

とりあえず三階フロアを出て、階段を下り始める。その途中で聞いたところ、二人の出逢《であ》いはつい最近だそうだ。

リュカは普段、本など読まないが、この図書館には『幻の本棚』の噂《うわさ》がある。だからある日、ふらっと足を運んだのだという。秋本さんの前では口にできないが、氷室ゼミの発表に備えてあやかしの情報を集めるためだろう。

「まあ、『幻の本棚』は見つからなかったんだけどさ。適当に怪しげな分厚い本を引っ張り出したり、逆さにしたり、勢いで破いちゃって泡食ったり、フラフラしてたんだよ」

「え、破いちゃったの？」

ちょうど階段を下りたところで秋本さんが目を丸くした。リュカは慌てて言い訳。

「あ、大丈夫大丈夫っ。ちゃんとセロハンテープで張って直しといたからさ」

「リュカ君、テープで補修ってそれ一番やっちゃダメな直し方だよ……。経年劣化した時に大変なことになるんだから」

「え、マジで？」

「マジだよ。ちゃんと司書さんに謝って補修用品で直してもらわないと」

「ごめん。今度、破いた本持って詫《わ》び入れにいくわ……」

叱られた犬のようにリュカはしょげ返る。

ともかく、そうして図書館をうろついている時に秋本さんに出逢ったそうだ。

「秋本ちゃんは難しそうな外国語の本を山ほど並べて勉強しててさ。かっけーなーっと思ったわけよ」

「あの、リュカって一応、ヨーロッパ出身の留学生ですよね？　外国語の難しそうな本って単語の違和感がすごいんですが」

「いや、だからこそっしょ？　意思疎通はノリと勢いでできっけど、本当にちゃんと言語を覚えようとしたらすげえ大変なんだぞ？　俺も教授にどんだけしごかれたことか。思い出すだけでも震えが走る……」

「あー……」

リュカも日本語が流暢《りゅうちょう》だけど、どうやらこれは氷室教授から教わったものらしい。あの人にゼロから言葉を教わるとか、確かに想像したらぞっとする。

「んで『勉強熱心なんだなー。外国語ってむずくね？』って秋本ちゃんに声掛けたんだ」

「なんでしょうか、すごくチャラい……」

「わたしもあの時はびっくりしたよ。いきなり話しかけられたから何かと思って」

とは言いつつ、今ではいい思い出だけどね、と秋本さんは笑う。

それからというもの、二人は毎日のように図書館で会っているそうだ。秋本さんは将来通訳の仕事がしたくて外国語の勉強をしている。その横でリュカは漫画本などを探してきて読んでいる。何か派手な事があるわけではないけれど、穏やかで安心できる日々。

二人から話を聞いていて理緒も『……ああ、そういう大学生活もいいかもしれません』と思った。

けれどそんな日々に水を差すような出来事が起きてしまう。

「……突然、悲鳴が聞こえるようになったの。何十人、何百人という人たちの悲鳴がまるで地獄の底から響いてくるみたいに……」

図書館を出て、花壇の前のベンチに座ると、秋本さんは静かに語り始めた。

それは突然、頭のなかに響いてくるらしい。とてつもない数の人々の悲鳴。耳を塞《ふさ》いでもやむことはなく、一度始まると自然に収まるまでは動けなくなってしまうという。

きっかけは何気ないことだった。秋本さんは図書館で日々、資格や外国語の勉強をしている。

『幻の本棚』の噂は知っていた。四階の、四本目の通路の、四番目の区画にあると言われた、存在しないはずの本棚。実際、そこに本棚なんてないことは図書館をよく利用する学生にとっては周知の事実だ。——しかし。

「……あったの。まるで霧のなかから浮かび上がってくるみたいに不思議な本棚が」

好奇心に勝てなかった。秋本さんはつい本棚に手を伸ばしてしまい、気づけば、いつの間にか真っ黒な表紙の本を開いていた。

「そこには……お札《ふだ》みたいなものが貼ってあった」

「お札、ですか？」

「うん。古めかしい字でお経みたいなものが書いてあったよ」

思わずリュカと顔を見合わせた。どうやらこの話はリュカも初耳らしい。

教授の言っていた『ブックカース』には呪いの言葉や魔法陣が描かれているという。だがお札となると、話が変わってくる。

「そのお札を見た瞬間、ゾワッと全身に悪寒が走った。まるで何かが自分のなかに入ってくるような感覚があって……」

恐怖を思い出してしまったのか、秋本さんの唇はかすかに震えていた。

「その日から悲鳴が聞こえ始めたの。突然、まるで発作みたいになんの予兆もなく聞こえてくる。図書館で勉強している時、講義に出ている時、リュカ君と二人で話している時……いきなり無数の人たちが私の頭に叫んできて……」

秋本さんの顔色が悪くなってきた。

心配になって「秋本さん……？」と呼びかける。しかし彼女はまるで聞こえていないかのように無反応で――突然、耳を押さえた。

「いや……っ」

そのままベンチにうずくまってしまう。

「……もうやめて、あなたたちの言葉なんて聞きたくない……っ」

秋本さんは震えながらここにはいない誰かへ向けて懇願し始めた。顔色は真っ青で、力を込め過ぎて手のひらが真っ白になってしまっている。

「まさかまた悲鳴が……？」

「たぶんそうだ。理緒、ちょっとどいてろ！」

秋本さんがベンチから崩れ落ちそうになり、リュカがとっさに前へ出て、彼女のことを抱き留めた。チャラチャラした普段とは違い、細く逞《たくま》しい腕で軽々と持ち上げる。

「医務室に連れてく。一緒についてきてくれ！」

「は、はい。わかりました……っ」

勢いに飲まれて頷き、理緒は秋本さんの鞄《かばん》を持ってリュカの背中についていく。

医務室へ向かっている途中で秋本さんは気を失った。いつの間にか五限目が終わっていたせいか、看護師の姿はなく、空いていたベッドに彼女を寝かせる。

しばらくすると秋本さんの顔色は戻り始め、浅く寝息を立てるようになった。おそらく悲鳴の発作が収まったのだろう。

「わりぃ、びっくりしたよな?」

「いえ……」

リュカと理緒は医務室前の自動販売機の前にいた。秋本さんが起きた時のための飲み物を用意するためだったが、その前に理緒も何か飲んで落ち着きたかった。

「以前にもあったんですか? こうして目の前で秋本さんが倒れてしまうことが」

「一、二度な。言うても気絶するまでってのは今回が初めてだ」

廊下の壁に背中を預け、リュカは炭酸ジュースを口に運ぶ。

「気持ちが不安に駆られると、悲鳴が聞こえやすくなるらしい。ベッドに寝かせて顔色もよくなったし、たぶん今のところは大丈夫だろう」

隣で理緒もアップルジュースを一口飲む。

「……秋本さんが悲鳴に苦しんでいた時、僕にはなんの声も聞こえませんでした。リュカはどうでした？」

「俺も聞こえなかった。やっぱマジもんの呪いっぽいよな……」

はい、と理緒は頷く。秋本さんは本当に苦しんでいるように見えた。あの顔色は演技や思い込みとは思えない。

「でも教授の言っていた『ブックカース』とは違うのかもしれません」

「確かに。秋本ちゃんは本のなかにお札が貼ってあったって言ってたもんな。お札となると、この国の呪い的なもんなのか……？」

考え込むようにつぶやき、リュカは「あーっ、ちくしょう！」と頭をかきむしる。

「好きな子ひとりビシッと助けらんねえなんて情けねえな！　何やってんだよ、俺は。それでもカッチョイイ人狼《じんろう》のリュカ君かよ！」

「リュカ……」

ひどく感情的な言葉だったが、それゆえ秋本さんへの想《おも》いが溢《あふ》れているように思えた。まわりに学生や教諭の姿がないことを確認し、理緒は口を開く。

「ずっと気になっていたんですけど、聞いてもいいですか？　リュカが人狼だってこと、秋本さんは……」

「ああ……」

自嘲《じちょう》気味な笑みが浮かぶ。

「もちろん秋本ちゃんは知らねえよ。さすがの俺でも『実は人間じゃないんだ』なんて言えないしさ。当然、いつかは言わなきゃと思ってるけど……」

理緒はアップルジュースの缶へと視線を落とす。

人狼と人間の恋。それは上手《うま》くいくのだろうか。

「たぶん、理緒が思ってる通りだ。種族の違いとか子孫の問題とか、俺もどうなるかさっぱりわからん。だから沙雪に『ばか犬』とか言われんだろうな。あいつは幻妖《げんよう》とあやかしの混血だから、その辺の大変さは誰より知ってるだろうし……」

壁に背を預けたままゆっくりと膝《ひざ》を折り、リュカは床に座り込む。

「けど、マジで好きなんだ」

「す……っ」

「どした？」

「いえ、あの……っ。他人様《ひとさま》の色恋沙汰《ざた》をちゃんと聞くのが初めてなもので」

直球な言葉を聞いてそわそわしてしまった。真面目な話をしているのに申し訳ない。ぐっとアップルジュースを飲み干すと、隣でリュカがからからと笑った。

「この大学ってさ、珍しく五月に学園祭があるんだよ。そこで初デートに誘おうって思ってんだ。理緒も協力してくれるか？」

「も、もちろんです。僕にできることがあるのなら、なんでも」

コクコクと頷《うなず》いた。リュカは「ありがとな」と人懐っこい笑みを見せる。

「……俺さ、人狼の隠れ里からきたって言ったじゃん？　すげえ退屈なところなんだよ。大昔のご先祖さんは人間を襲ったりしてたらしいけど、まさか今はそんなことできんし、自分たちで豚とか牛とか育てて、それ食って生きてるんだ」

「に、人間を襲ってたんですか？」

「大昔の話な？　だからそう怯《おび》えんな、怯えんな」

思わず身構えたところへ、リュカが「どうどう」と馬にするみたいにあやしてくる。

「人狼ってさ、狼《おおかみ》が人間を襲おうとして、人の姿に化けるようになったところから生まれたらしいぜ。ま、これも大昔からの言い伝えだから本当かどうかわからんけども」

「え、ちょっと待って下さい。それって教授の研究に役立つ情報なんじゃ……」

氷室教授があやかしを研究しているのは、吸血鬼のルーツを探るためだ。

ヴァンパイアは皆、元は人間である。となると、狼でありながら人間の姿になった人狼たちの話は、何かしら研究のヒントになるかもしれない。

……と思ったのだが、リュカは「いーや」と手を振った。

「最初に教授が俺を拾った時は、その辺りの目論見《もくろみ》もあったらしいけどな。すぐに『アプローチが逆だ』って落胆されたわ。人狼はもともと狼だから、もともとが人間のヴァンパイアとはパターンが逆なんだと。ま、確かに人間に化けるだけなら狐《きつね》や狸《たぬき》だっているし、教授が追い求めてる『人間が別物になる』っていう構図とは逆だわな」

「ああ、なるほど……」

「で、話を戻すと、豚や牛を育てるだけの生活に飽き飽きして、俺は故郷を飛び出したんだ」

「もしかして人を襲いたかったから、とかですか？」

「あほちん」

「いたっ」

脛《すね》の辺りを小突かれた。地味に痛い。

「広い世界に出たかったんだよ。やりたいことなんて別になかったし、とにかく地元が嫌ってだけだったんだけど、広い世界にいきたかったんだ。まあ、今にして思えば若気の至りってやつよ。けど、そのおかげで……」

リュカは飲み終わった空き缶をくるりと回転させ、ゴミ箱に投げ入れる。カコーンッと小気味いい音が響いた。見事にストライクだ。

「そのおかげで、俺は秋本ちゃんに出逢《であ》えた」

ししし、と八重歯を見せて笑う。

「真面目に教科書見つめてる横顔がきれいでさー。一発で一目惚《ひとめぼ》れ。んで話してみたら、夢のために頑張ってるって言うじゃん？　それで二発目、もうメロメロよ」

だから、とリュカは壁から背中を離す。

「助けたいんだ。ぜってーな」

銀髪の揺れる横顔は先ほど秋本さんを抱き上げた時と同じく、とても凛々《りり》しく見えた。

最初はチャラチャラした人だと思っていた。けれど彼女への想いは本物に見える。応援したい、と素直に思った。

「はい、秋本さんを助けましょう、絶対に」

「お、嬉《うれ》しい言葉。頼むぜ、相棒」

「うーん、相棒っていうのは微妙ですけど」

「ノリわるいなー」

「ノリとかは関係ないです」

苦笑しつつ、こちらも空き缶をゴミ箱に入れた。

「お札のことも気になりますし、まずは氷室教授に現状を伝えましょう。何か調べ物をしてから図書館にいくと言っていたので、僕はそっちにいってみます」

「わかった。じゃあ、俺は秋本ちゃんが目を覚ますまでここにいるわ」

「お願いします」

短く言い、理緒は医務室前から移動する。手を振るリュカに見送られ、図書館の方へ向かった。

建物の正面までやってくると、入口前に見慣れたスーツ姿が立っていた。ブロンドの容姿端麗な教授は煉瓦《れんが》模様の図書館の前でやたらと様になっており、道行く学生たちが羨望《せんぼう》の眼差《まなざ》しで見つめている。

しかし誰も声を掛けはしない。外国の映画俳優を遠目から見ているような感じだった。

「遅いぞ、理緒。主人を待たせるとは眷属《けんぞく》の風上にも置けん。一体、どこで道草を食っていた？」

「こんなところで眷属呼ばわりしないで下さいよっ。教授こそ、なんでこんなところで待ってるんですか」

「決まっているだろう。荷物持ちが必要だからだ」

教授の横には調査の道具を入れたいつもの鞄が置いてあった。

「ここまでは私自らが運んできたんだぞ。泣いて感謝するがいい」

「その身勝手さに逆に泣きたいくらいです……」

と言っても教授に聞く耳がないことはわかっている。諦《あきら》めて鞄を持った。

「秋本美香には会えたか？」

「はい。話も聞きました」

図書館の入口前に立って、手短に報告をする。

秋本さんが読んだ『呪いの書』には魔法陣などはなく、お札が貼ってあったこと。実際に悲鳴の発作が起きたところを見たが、自分やリュカには悲鳴は聞こえなかったこと。

秋本さん自身は今、医務室にいて、リュカが見てくれていること。

それらを聞いて教授は「やはりか……」とつぶやいた。

「何か心当たりでもあるんですか？」

「事件の概要は見えた」

言うだけ言って教授は図書館に入っていってしまう。えっ、と理緒は慌てて追いかけ、エレベーターで教授が四階のボタンを押した。

「四階っていうことは……」

「無論だ。『幻の本棚』のところへ向かう」

秋本さんは四階の、四本目の通路の、四番目の区画。そこで『幻の本棚』を見つけたという。

四階に着くと、教授は迷わずフロアを横切っていき、四本目の通路に入った。その背中を追ってしばらく歩いたところで理緒は「あ……」と声を上げる。

三番目の本棚の隣が避難はしごの収納ボックスになっていた。噂《うわさ》通りなら『幻の本棚』がある場所だ。しかしそこには大きくて重い収納ボックスが鎮座している。

つまり四番目の区画には本棚のスペース自体が存在していなかった。

「理緒、鞄《かばん》を」

「あ、はい」

教授は戸惑い一つ浮かべず、鞄を受け取った。一方、理緒は付近の様子を眺める。

通路のこの辺りはかなり奥まっている上、古い洋書の区画だった。よほど勉強熱心な学生でもない限り、まず入ってはこないと思う。いわば図書館内のエアポケットのような場所だった。

収納ボックスのすぐ上には窓があり、そこからは鬱蒼《うっそう》とした森が見えている。天井の電灯も控えめで、なんとなく不気味な雰囲気があった。

確かに四番目の区画には本棚のスペース自体がない。しかし何かが起こりそうな不穏な気配はあるように思えた。

教授は鞄を床に置いて開き、『髪絡みの森』の時と同じ『宝石光《ほうせきこう》のランタン』を取り出した。マッチで火が入れられ、七色の光が辺りを照らす。

「きょ、教授っ、図書館は火気厳禁ですよ!?　大丈夫なんですか!?　それに他の学生にランタンの光を見られたら……っ」

「問題ない。一般的な建物の熱感知器や煙感知器は温度センサーで動いている。マッチの火程度なら感知器の目の前にかざさなければ反応はしない」

「え、じゃあランタンの光の方は……？」

「誰かきたら、止めるのはお前の役目だ」

「僕の役目ですかーっ⁉」

すごく嫌な役だった。話しているうちに七色の光が収束し、白い輝きが辺りを照らす。

「白……これはなんのあやかしの色なんです？」

「とくに具体的なものはない。強いていうならばヴァンパイアだな。今回の『宝石光のランタン』は私が仕掛けた術の残滓《ざんし》に反応しているだけだ」

「へ？　教授の……術？」

ランタンを持ったまま、教授は空いている方の手を伸ばす。プラチナのように輝く白い光に指先が触れた。途端、波紋のように空間に波打ち、何かが現れた。

「わ……っ」

本棚だ。まるで霧のなかから浮かび上がるように本棚が現れた。

理緒は驚いて後退《あとず》さる。

不思議なことに本棚は輪郭がおぼろげだった。目の前にあるのに、どこか遠くにあるようにも見える。まさしく幻のようだ。たくさんの本が収まっているが、やはりどれも輪郭が危うい。触れたらその瞬間に泡となって消えてしまいそうな不確かさがあった。

けれどたった一冊だけ、はっきりと見える本があった。

やたらと分厚く、表紙は闇のように黒い。ひどく禍々《まがまが》しい雰囲気の本。

「やはり顕在化《けんざいか》していたか」

訳知り顔で教授が手を伸ばす。

しかし指先が本に触れる寸前——突然、本からじわりと黒い光が滲《にじ》んだ。同時に窓ガラスの向こうに無数の影が現れる。響き渡ったのはガラスが割れる音。何十羽《わ》という鳥の群が窓を突き破って飛び込んできた。

凄《すさ》まじい羽音が響き、鳥たちが周囲に舞う。まるで羽音の嵐のなかに放り込まれたような状況に理緒は悲鳴を上げる。

「な……っ!? きょ、教授、これは一体……!?」

「なるほど、亡者の想念を動物に取り憑《つ》かせることもできたのか」

やるな、とでも言いたげに教授は唇をつり上げる。すぐさまスーツの腕を掲げ、何かアクションを起こそうとしていたが、一瞬早く、鳥たちがまた一斉に窓の向こうへと飛び去った。理緒はただただ唖然《あぜん》としてしまう。

「に、逃げた……? 教授のことを恐れて逃げ去ったんでしょうか……?」

「いいや、違う。目的の物を奪い取っていった、というところだろう」

教授が指を差す。見ると、『幻の本棚』から黒い表紙の本が消えていた。今の鳥たちが奪っていったのだ。

「先ほどまでここにあったのが秋本美香の言う『呪いの書』だ」

「え……っ」

「本自体が私に触れられることを拒んだのだろう。そこで付近の鳥を操り、自らを奪わせたというわけだ」

「本自体が？　それに鳥を操りって……いくら『呪いの書』だからって、ただの本にそんなことができるんですか⁉」

「あれの正体はただの本などではない。そもそも『呪いの書』ですらないな」

「『呪いの書』じゃない……？」

「今はそれを説明している暇はない。あの本が私の手元を離れた以上、このままでは秋本美香の件を解決できないぞ？」

「そんな……っ」

慌てて窓へと駆け寄る。すでに暗くなり始めた空を鳥の群が舞っていた。そのなかで数羽のカラスが足で器用に本を摑《つか》んでいた。どんどん図書館から遠ざかっていく。

「ど、どうすれば……っ」

「簡単なことだ。理緒、あのカラスたちを追え」

隣にやってきて教授が淡々と告げ、なぜかこちらの背中に触れた。理緒は今、割れた窓を開いて、サッシへと乗りかかっている状態だ。嫌な予感がした。

「……あの、教授？　その手はなんでしょうか？」

「本を取り戻せ。そうすれば秋本美香は亡者の悲鳴から解放される」

「わかりましたっ、わかりましたから手を離して下さい。すぐに一階まで下りていってカラスたちを追いますから！」

「そんなことをしていたら見失ってしまうだろう？」

教授が微笑《ほほえ》む。背筋が凍るような笑みだった。

「いけ。大丈夫だ、ヴァンパイアは翼を出せば飛べる」

トンッと押された。

「ぼ」

体がふわっと窓の向こうへ。

「僕は人間だって言ってるでしょーっ！」

絶叫も虚《むな》しく、真っ逆さまに落っこちた。ここは地上四階。すごい勢いで地面が近づいてくる。四階から教授がしれっとした顔で言う。

「理緒、翼を生やせ。コツはヴァンパイアの力を背中に集めることだ。イメージしろ。自分には翼がある、大空を自由に羽ばたける、と」

「無理ーっ、無理です！　真っ逆さまに落ちるところしかイメージできません！　っていうか真っ逆さまに落ちてます！　学生を窓から突き落とすとか何考えてるんですか⁉　許さない、ぜったい許しませんよ⁉　氷室教授の鬼、悪魔、ヴァンパイアーっ！」

大慌てしながらヴァンパイアの力を解放。目が深紅に輝いて身体能力が向上し、知覚が冴《さ》え渡《わた》って落下スピードが遅くなっているように感じる。

でもそれは感覚だけの話。体は無情にもぐんぐん地面に向かっている。もうやるしかない。

「ヴァンパイアの力を背中に……って、やっぱり無理ですーっ！」

ナイフで羊の毛を切るのとはワケが違う。どう考えても翼が生えるイメージなんて湧かなかった。でもこのまま地面に激突なんてしたくない。かくなる上は……っ！

「コウモリのみんな！　きて下さい！」

声に力を込めて叫んだ。直後、図書館裏の森の木々が揺れ、無数のコウモリたちが飛び出した。普段、教授が使役してるコウモリたちだ。本来は教授の言うことしか聞かないけれど、ヴァンパイアの力を解放している時ならば理緒の言うことも聞いてくれる。

コウモリたちはファンシーなぬいぐるみのような姿をしていて、きゅーきゅー鳴きながら一塊になった。理緒は柔らかい雲のようになったところへ落っこち、そのままゆっくり降下。どうにか間一髪で助かった。地面へ足をつけ、ぐったりする。

「はぁ、死ぬかと思いました……っ」

「理緒ー、コウモリを使うのは反則だぞー。D評価だ、やり直せー」

「やり直しませんよ!?　何考えてるんですか!?　D評価で十分です。こんなことで好成績なんていりませんから！」

四階からのんきなことを言ってくる教授へ、怒り心頭に発して叫び返した。

しかし文句を言っている暇はない。教授の滅茶苦茶《めちゃくちゃ》ぶりは腹立たしいが、『呪いの書』を取り戻さなければ秋本さんを助けられないらしい。今は一刻も早くカラスたちを追わなくてはいけない。

「みんな、今飛んでいったカラスたちがどこにいったか、わかりますか!?」

コウモリたちがきゅーっと鳴いて、西の方向へ飛び始めた。すでに五限目が終わってだいぶ時間が経《た》っている。夜の帳《とばり》がキャンパス内を覆い尽くし、他の学生たちの姿はもうなかった。これなら全力で走れる。

「教授っ、カラスたちを追います！」

「いいだろう。私もすぐにいく」

両足に力を込め、思いきり地面を蹴《け》った。直後、景色が風のように流れていく。ヴァンパイアの力を使った脚力だ。薄闇のなかを理緒はすさまじい速度で駆けていく。

そして図書館を通り過ぎたところで、ふいに道の向こうに銀髪の人狼《じんろう》が姿を見せた。

「理緒!?　図書館にいったんじゃなかったのか!?」

「リュカ……!?」

驚いたが立ち止まっている余裕はない。鳥の群は今も刻一刻と遠ざかっている。

「リュカこそ、秋本さんのそばにいたんじゃないんですか!?」

「それが……秋本ちゃんが消えちまったんだよ！」

……消えた？　意味がわからない。医務室には出口が一つしかなかったはずだ。たとえ秋本さんが自ら出ていったとしても、医務室前にいたリュカが見過ごすはずがない。ひどく不可解だった。しかしここで『呪いの書』を確保できれば、何かしら状況が変わるはずだ。理緒は数十メートル先の鳥たちを指し示す。

「あそこに『呪いの書』があります！　あれがあれば秋本さんを助けられるって教授が言っていました！」

「秋本ちゃんを……っ!?」

リュカの目つきが変わった。ちょうど東の空には月が輝いていた。満月には及ばないものの、きれいな半月。その月灯《あ》かりを浴びて、リュカの銀髪が突然ふわりと伸びる。

「オッケー、理緒。だったら……俺がぶち抜いてやる！」

長髪になったリュカは神々しい狼《おおかみ》のような雰囲気に変わっていた。クラウチングスタートのように地面に手をついたかと思うと、直後、その姿が——かき消える。

「うわ!?」

気づくと、研究室から出た時のように腕を引っ張られていた。

ハーフヴァンパイアである理緒以上の速度で、リュカは大学の敷地《しきち》を駆け抜ける。

「な、なんですか、この速さ⁉」

「月が出てんだろ⁉　人狼の力だ。しっかり摑まっとけよ！」

ベンチを飛び越え、花壇を渡り、狼は大地を駆ける。やがてキャンパス内の野外音楽堂が見えてきた。ブラスバンド部やチアサークルが発表会を行ったりする場所だ。

柵《さく》のようなものはなく、広場と地続きで座席がくぼんだ扇状に広がっており、奥の舞台は神殿のような立派な天蓋《てんがい》に覆われている。

ちょうどその舞台の上を鳥たちが通過していくのが見えた。野外音楽堂の向こうは中庭の池だ。ここを逃したら追うのが一気に難しくなってしまう。

「リュカ、僕がいきます！」

引っ張られている腕を摑み返した。その動作で意図に気づいてくれたらしく、リュカは大きく前へ踏み込む。

「よっしゃ頼んだぜ、相棒！」

人狼の膂力《りょりょく》で思いきり放り投げられた。同時に理緒は野外音楽堂の座席を蹴り、大きく跳躍。

「コウモリのみんな！　お願いします！」

きゅーっ、と返事をしてコウモリたちが鳥の群へと突撃した。統制が乱れ、カラスたちが慌てる。そこに理緒が手を伸ばすがあと少し届かない……というところで、突然、パチンッと指を鳴らす音が夜空に響いた。途端、コウモリたちの瞳が赤く輝き、勢いが増す。

鳥たちがさらに慌てふためき、理緒の手がすかさず『呪いの書』を掴んだ。

「届きました！」

鳥たちが逃げるように霧散していく。理緒は何メートルも上空から本を抱いて音楽堂の舞台へ着地。リュカも座席の通路を通ってこっちへ走ってきた。

「やったな！　ナイスだ、相棒」

屈託のない笑みを向けられ、やや照れくさくなりながら「はい」と返事をする。

「リュカもナイスアシストでした。最後は教授に助けられてしまいましたけど」

「ん、教授？　氷室教授なんてどこにいるんだ？」

「ここだ。さすがに理緒は気づいたか。常に主人の気配を感じているとは眷属《けんぞく》としていい心掛けだぞ」

リュカが首を傾《かし》げると同時、広場の方から氷室教授が現れた。通路を悠々と歩いてくる。

『呪いの書』を掴む直前、指を鳴らす音がしてコウモリたちが勢いを増した。あれは教授がやってくれたのだろう。

「……眷属はやめて下さいってば。『呪いの書』は無事に取り戻しました。事件の概要は見えたって言ってましたし、これで秋本さんは助かるんですよね？」

「そ、そうだ、教授！　秋本ちゃんが医務室から消えたんスよ！　一体、どういうことっスか!? やっぱ呪いのせいなんですか!?」

リュカが慌てて尋ねるなか、教授は舞台に上がってきて『呪いの書』を受け取った。

「問題ない。この書さえ手元にあればいい。秋本美香は亡者の悲鳴から解放される。もう未来永劫《えいごう》、苦しむことはないだろう」

「マジすか！ 良かったぁ……っ」

ほっとした様子でリュカはその場に座り込む。しかし理緒はふと違和感を覚えた。未来永劫だなんて、教授の言葉が妙に大仰に思えた。

「あの、教授……本当に秋本さんは助かるんですよね？」

つい念を押すように尋ねてしまった。思えば教授は先ほどから『秋本美香の件を解決できる』とか『亡者の悲鳴から解放できる』と言ってはいるが、一度も『助けられる』とは言っていない気がする。

目が合う。青い瞳《ひとみ》がふ……っと逸《そ》らされた。

「教授？」

返事はなかった。代わりに教授の手によって『呪いの書』が開かれる。まるで抵抗するように黒い光がまたじわりと滲《にじ》んだが、教授が呪文《じゅもん》のような言葉をつぶやくと、抑え込まれるように光は勢いを失《な》くしていった。

リュカと二人で覗《のぞ》き込む。秋本さんが言っていた通り、そのページには古めかしいお札のようなものが貼られていた。ただよく見ると、それは半ばから千切れかけている。

「やはりな。『ブックカース』が発動していたか」

その言葉にリュカが目を瞬《しばたた》いた。

「今回の呪いってやっぱ『ブックカース』なんスか？　どう見てもこれ、日本的なお札っぽく見えますけど」

「『本に付属させる呪い』は何も海外だけの専売特許ではない。平安の陰陽師《おんみょうじ》や退魔師など、力ある者ならば呪いの一つや二つ、本に掛けることなど造作もない」

パタンッと教授は本を閉じた。月灯かりがゆっくりと舞台を照らしていき、まるでオペラの主役か何かのような雰囲気で教授は告げる。

「この本の正体は鬼籍《きせき》だ」

「きせき……？　ってなんスか？」

『鬼籍に入る』という言葉がこの国にはあるだろう？　鬼籍というのは死者の名や死亡年月日を記した記帳のことを差す。地獄で閻魔《えんま》が持っているとされるものだ」

「ちょ、閻魔って、マジすか？」

「案ずるな。少なくとも私は閻魔大王《だいおう》などというものに会ったことはない。天国や地獄といったものは我々幻妖《げんよう》にとっても未知のものだ。無論、どこかには存在するのかもしれんがな」

スーツの肩をすくめ、教授は『呪いの書』——鬼籍に視線を向ける。

「この本はな、その昔に名のある修験者が鬼籍を模して作った、模造品だ。お前たちも知っての通り、私はあやかし調査のためにこの土地の歴史についても調べている。そのなかでわかったことだが——」

数百年前、戦国時代に霧峰の土地では大きな合戦があったらしい。

小国同士のぶつかり合いだったが、規模自体はかなりのもので、多くの侍や武芸者が亡くなった。あまりにも死者の数が多すぎて、誰が誰かもわからなくなってしまうほどだった。これでは弔うにも弔えず、その状況を憂いて、修験者がこの鬼籍を作ったという。

鬼籍は本物と同じように死者の名を記していく。この土地に残った死者の想念をひとりでに収集し、記録として残していくのだ。

「想念……ってなんスか？」

「死者の残した『意思や想《おも》いの残滓《ざんし》』と考えれば間違いないだろう。死者本人とは違うものの、想念が多ければ生前の意思や人格に近いものを形成することもある。そうした想念を鬼籍は自動的に集め、この土地の死者の記録として残していく。しかしだ、戦国の世でこそ重宝された力だが、現代においては無用の長物でしかない。むしろ危険と言ってもいいだろう。なぜなら死者の想念は生者——生きている者に触れることで多分に影響を及ぼす。先ほど鳥たちを動かしたのもその力だ。鬼籍自体には害意はないのだろうが、この本はいかなる手段を用いても想念を集めるように作られている。よって……」

教授は軽くため息をつく。

「この土地にやってきて、そうそうに私が図書館に封じたのだ」

「え？　教授が封印……？」

今度はリュカではなく、理緒が聞き返した。教授は頷《うなず》きと共に肯定する。

「『幻の本棚』は私が作った本棚だ。あそこには一般人に見えないように夢幻《ゆめまぼろし》の術を仕掛け、この鬼籍のような危険な本を封じてある」

「ってことは……今回の件って教授が犯人だったんスか⁉」

驚愕《きょうがく》するリュカへ、教授は不服そうに顔をしかめた。

「馬鹿を言うな。私は危険なものを封じてやっていたのだぞ。今回の件に犯人がいるとすれば、それは鬼籍を解き放った愚か者のことだろう。見ろ」

もう一度、ページを開き、破れたお札が示される。

「私が苦労して探し当てた修験道の封印札《ふういんふだ》だ。これが破かれなければ、そもそも鬼籍が勝手に目覚めることはなかった」

「な、なるほどッス……」

「ただし、封印札は簡単に引き裂けるようなものではない。ただの人間にはまず無理だ。力のある幻妖でもなければ札を引き裂くどころか、『幻の本棚』に遭遇することもない」

「あれ？」

ふいに理緒は引っ掛かるものを感じた。札を引き裂くというか、本を破いてしまう……そんな不届きな行いのことをつい最近聞いたような気がする。

「教授、ひょっとして……」

「ここにくる直前、本棚の周囲を改めて『宝石光のランタン』で照らした。示された光は青と黒だ」

「青って確か動物系統の色でしたよね……？」

「そして黒は『人間に近い属性』の色だ」

うわぁ……と思い、理緒は視線を向ける。

「動物と人間の系統の『人ならざるモノ』。しかも最近、本を破いた学生って、僕、心当たりがあります……」

「へ？」

理緒と教授の視線は目の前の人狼《じんろう》へ。数秒後、すべてを察してリュカは驚愕。

「まさか俺が犯人だってことかーっ!?」

そういうことらしい。

リュカが破いてしまった図書館の本というのは『呪いの書』こと鬼籍の封印札だったのだ。教授曰《いわ》く『幻の本棚』は一般人に見えないようにしていたそうだが、人狼のリュカは無意識にその術を突破してしまっていたらしい。さらには半端に術が効いていたせいで、本棚や鬼籍の異常性に気づけなかったようだ。

氷室ゼミの発表のために『幻の本棚』を探していたリュカだが、その実、とっくに本棚にたどり着いていたのである。

「いやでも俺、ちゃんとセロハンテープ貼って直しといたぜ⁉」

「そのテープとはこれのことか？」

教授が本からテープの残骸《ざんがい》のようなものを引っ張り出した。焼け焦げて半分溶けかかっている。まるで本の怒りを示すような有様《ありさま》だった。

「げ……っ」

「……状況証拠が揃《そろ》っちゃいましたね」

「そういうことだ」

捨てておけ、とテープの残骸を理緒に渡し、教授はリュカを見る。

「実際のところ、鬼籍を作った修験者が何かの呪いを残していたわけではない。しかしこの本は死者の想念を収集する。一度、封印が解ければまた収集を始め、無防備に本を開いた者にも影響を及ぼす。結果としてそれは呪いに他ならない。つまり今回、『ブックカース』を受けていたのはリュカ、お前というわけだ」

名指しされた人狼はぽかんと大口を開けた。

「や、なんとなく話はわかったスけど……でも呪われたのは秋本ちゃんですよね？　俺じゃないスよ」

「いいやリュカ、お前だ。私は言ったろう？　鬼籍は死者の想念を集めると」

野外音楽堂の舞台の上、冷静な視線がじっと人狼を見つめた。

リュカはただただ戸惑っている。しかし先ほどからずっと教授の言葉に違和感を覚えていた理緒はふいに思い至った。まさか、と。

「リュカ、秋本さんが医務室から消えたって言ってましたよね？　それってどんなふうにですか……!?」

「へ？　いやそれは……」

「目の前で文字通りに消えたのではないか？　それこそ、幽霊のように」

教授の指摘に対し、リュカの表情が強張《こわば》った。

「確かに、そうだけどさ……。理緒と別れた後、俺はミルクティーを買って医務室に戻ったんだ。秋本ちゃん、甘めのミルクティーが好きだったから。それで椅子に座って目を覚ますのを待ってたらさ、突然、秋本ちゃんが『……本が去ろうとしてる』とかなんとか言って、目の前から消えちまったんだ。ぱっとまるで最初からいなかったみたいに。だ、だけどそれは呪いか何かのせいだろ……っ」

「秋本美香が消えたのは、おそらく鬼籍が鳥たちを使役して図書館から離れたのと同じタイミングだろうな。鬼籍自身が秋本美香を呼び戻したのだ」

「いや待ってくれよ!? 呼び戻したってどういうことだ!? 氷室教授、言ってることおかしいぜ!? なあ、理緒もそう思うだろ!?」

「あ、その、僕は……っ」

「理緒、お前はすでに気づいているはずだ」

青い瞳が厳しい視線を向けてくる。

「図書館で合流した際、私はお前に問うた。秋本美香には会えたか、と。あえてもう一度問おう。お前は秋本美香に会えたか？」

「……っ」

婉曲《えんきょく》的な問いかけが逆に理解を加速させた。

なんとなくの違和感でしかなかったものが、パズルのピースとして嵌《は》まっていく。

最初に理緒が図書館で秋本さんを紹介された時。

秋本さんを見つけて満面の笑みで走っていくリュカを、まわりの学生たちは気持ち悪そうな目で見ていた。迷惑そうな目ではない。まるで誰もいないところへ満面の笑みで走っていく学生を見るような、気持ち悪そうな目だった。

その後、理緒が図書館からの移動を提案した時も、周囲の学生からは奇異の目で見られた。あまりに視線が多いので、てっきり大声で話していることが迷惑なのだろうと思っていた。しかし、いないはずの三人目を含めて話していることに奇異の目を向けられていたのだとしたら、学生たちの視線にも納得ができてしまう。

秋本さんの姿を初めて見た時もそうだ。カーテンが風に揺れ、レースの向こうに人影が浮かび上がるように見えた。それ以前に自分が秋本さんの姿を視認できていたかというと自信がない。

ひょっとしてリュカを通してでなければ、自分は秋本さんの姿を見ることすらできなかったんじゃないだろうか。

疑念はどんどん膨れ上がり、どうか的外れであって下さいと願いながら、理緒は口を開く。

「……リュカ、秋本さんと連絡先を交換してるって言ってましたよね？　図書館だと電源を切ってるから繋《つな》がらないってことでしたが……今、連絡してみてはどうでしょうか？」

「……っ。お、おう。わかった。掛けてやるよ！」

すぐにスマホを取り出し、リュカは操作する。

「ったく、教授も理緒もどうかしてるぜ。どう考えても勘違いだって。見てろよ。すぐに秋本ちゃんに繋がるからさ……っ」

しかし強張っているリュカの表情が安堵《あんど》に緩むことはなかった。スマホのスピーカーから聞こえてきたのは『お掛けになった電話番号は現在――』というメッセージ音。

「その電話が秋本美香に繫がったことはあるのか？」

「……………ないッスよ。ないけど、でも……っ！」

もう事態を理解している顔だった。そこへ教授が最後通牒《つうちょう》のように告げる。月灯《あ》かりの舞台の上、まるで美しい死神のように淡々と。

「秋本美香は八年前に死んでいる」

「な――!?」

どこまでも冷静な表情で、教授がスーツのポケットから何かを取り出した。四つ折りにされたそれは一枚のコピー用紙だった。

理緒はふいに思い出す。研究室を出る時、教授が『少し調べ物をしてからいく』と言っていたことを。

コピー用紙が開かれる。そこには昔の新聞記事が印刷されていた。

日付は八年前。霧峰大学の二年生、秋本美香さんが通学中、交通事故に遭い、死亡。生前の彼女は通訳の仕事を目指し、勉学に励んでいた、というようなことが記事には綴《つづ》られている。そこには顔写真も載っていた。

「秋本ちゃん……」

リュカが茫然《ぼうぜん》とつぶやく。控えめな表情やふわりとした髪、直接会ったので理緒にもわかる。新聞記事の学生はどう見ても秋本美香さんと同一人物だった。

おそらく教授は研究室でリュカの話を聞いた時点で真相に気づいていたのだろう。だからわざわざリュカから秋本さんの名前を聞き、この記事を探し当ててからやってきた。

パズルは組み上がってしまった。見せられた新聞記事を振り払うようにして、リュカが叫ぶ。

「ふ、ふざけんな……っ。そんな馬鹿な話があるかよ!?」

教授に摑《つか》み掛《か》からんばかりの勢いだった。

「じゃあ何か!? 秋本ちゃんはもうこの世にいなくて、俺たちが会ってたのは幽霊か何かだって言うのかよ!?」

「正しくは幽霊とも異なる。鬼籍が集めるのは、あくまで死者の残した想念だ。おそらくは封印札を破った時に鬼籍がこの土地の想念を吸い上げ、たまたまお前と波長の合う想念が顕在化したのだろう。端的に言えば、死者の欠片《かけら》のなかからお前の理想に近い人物が形成されたというわけだ」

「……っ」

隣で見ていて、リュカがどんどん追い詰められていくのがわかった。

理想の人物。医務室の前でまさしく秋本さんがそういう人物だと、リュカは語っていたから。

「証拠は!? 秋本ちゃんがこの世にいないって証拠はあんのかよ!? 何もないのにそんな

こと言ってんならさ、いくら教授でも俺は許さねえぞ⁉」

「ならば、あとは本人に聞くがいい」

教授がまた本を開き、あろうことか、千切れかけていた封印札を破り捨てた。途端、鬼籍が黒い光を放ち始める。それがこちらへ差し出された。

「理緒、持っていろ」

「ぼ、僕ですか⁉　どうして……⁉」

「お前もリュカ同様、秋本美香の想念に触れている。お前が想念の架け橋になるのだ。本を閉じるなよ。鬼籍が閉じれば秋本美香も消えてしまうぞ」

そう言われると同時、グンッと凄《すさ》まじい力で本が閉じようとし始めた。慌ててハーフヴァンパイアの力を発揮し、ページを押さえる。しかし勢いがすごくて、気を抜いたらすぐに閉じてしまいそうだ。

そして突如、まわりに光が舞い始めた。川のように淀《よど》みなく流れる黒い光。色こそ闇のようだが、邪悪な気配は感じない。

「封印が完全に解け、鬼籍が収集を始めた。この黒い光は死者たちの想念だ。今ならば外界と鬼籍の通路は開いている。理緒、そこに刻まれた名を読み上げろ」

鬼籍に視線を落とす。ページを見つめた途端、一つの名前が浮かび上がってきた。

理緒も彼女と知り合い、想念に触れたから、本を開くことで呼び起こされてきたのだろう。

「……秋本美香」

次の瞬間、まるで舞台を染め上げるように鬼籍から黒い光が放たれた。それは川のような光とは違う方向に流れ、やがて——人の形を取った。

「鬼籍は死者の名を刻み、その死を管理するもの。名を呼ぶことで情報は開示される。それが鬼籍の役目だからな」

教授が静かに告げ、理緒は唇を嚙《か》み締《し》めた。そうであって欲しくはなかった。しかし鬼籍から放たれた光によって現れた人は……まぎれもなく秋本さんだった。

「嘘《うそ》だろ……」

吹けば飛ぶような小さな声でつぶやき、リュカの表情が歪《ゆが》む。

証明されてしまったから。自分の好きになった人がもうこの世に生きてはいないのだと。

「……ごめんね、リュカ君」

光のなか、秋本さんは肩をすぼませていた。体の前で握られた両手は震えている。

「わたし、もう死んじゃってたみたい……」

絶望を通り越したような、泣き笑いの顔だった。リュカは口を開かない。いや開けないのだろう。ただただ泣きそうな顔で彼女のことを見つめている。

その沈黙を埋めるように教授が口を開いた。

「おそらく彼女にも自覚はなかったのだろう。彼女はリュカと会っている時だけ存在し、その記憶も状況に合わせて改竄《かいざん》されていたはずだ。しかしその背後には鬼籍が収集した数多《あまた》の死者の想念がある。聞こえていた悲鳴はそれらが発していたものだ」

そう教授が告げた矢先、突然、理緒の手のなかで鬼籍が燃え上がった。

「え……っ!? 教授、燃えてます！ 鬼籍が燃えてます……っ！」

「問題ない。熱くはないだろう？ 本物の火ではないからな。それは鬼籍が消滅し始めた証《あかし》だ」

「しょ、消滅……!?」

「もはや戦国の世ではない。この数百年で死んだ人間の数はどれほどになると思う？ 鬼籍が作られた頃とは桁《けた》が違う。収集を始めれば、すぐに限界が訪れ、鬼籍は自壊する。破れかけた封印札を直すことは私にも不可能だ。ならばこうして自壊させるのが最善の方法だろう」

「でもそれじゃあ、鬼籍が消滅したら秋本さんは……っ」

「死者の想念は天に還《かえ》る。それが自然の摂理だ」

ゆえに、と教授は初めて彼女に呼びかけた。

「秋本美香、残すべき言葉があるのなら伝えるがいい！ 急げ、時間は限られている！」

あ、と理緒は声をこぼした。今回、教授はいつにも増して冷たい態度だった。

リュカに対してまるで追い詰めるように淡々と事実を突きつけ、なんて冷酷な人なのだろうと理緒も思いかけた。

でも違ったのかもしれない。秋本さんが死者だとわかった上で、この瞬間を作り出してあげるために、教授は状況を組み立てていたのかもしれない。

リュカと、そして時は隔てたとしても同じこの大学の学生である、秋本さんのために。

「理緒、鬼籍を決して閉じるな。最後の瞬間まで耐え続けろ」

「……っ、はい！」

鬼籍はまるで獣のように強い力で今も閉じようとしている。想念を収集しようとする本能と、収集をやめて本自体を守ろうとする本能が同時に働いているのかもしれない。理緒は力を振り絞って本を押さえつける。

「……ありがとう」

こちらを見て、秋本さんが小さく頭を下げた。

そして視線をリュカへと向ける。彼女の肩は今も震えていた。

「ごめんなさい、リュカ君。わたしは……ずっとリュカ君のこと騙《だま》してたんだね。今ならわかるの。本のなかの人たちは悲鳴を上げてたんじゃなくて、ずっとわたしに伝えていたんだ。『お前は死人だ。生きてる人のそばにいってはいけない。迷惑を掛けるだけだ』って。なのにわたしは耳を塞《ふさ》いで聞こうともしないで、結局こうしてリュカ君に迷惑を掛けちゃった……」

　消え入りそうな言葉に、はっとした顔でリュカが駆け寄る。

「迷惑なんかじゃない！　俺は秋本ちゃんに逢《あ》えてよかった！　マジで楽しかった！　心底幸せだった！　だからさ、いいんだよ……っ。全部いいんだ……」

「ごめん、ごめんね。わたし、自分がもう死んでるなんて思わなくて……っ」

「謝んな！　そんなの、誰にもわかんねえよ。秋本ちゃんは何一つ悪くねえよ……っ」

　彼女の手がリュカの服をぎゅっと握る。

「……きっとね、わたしがリュカ君に近づいたのもあの本の意思なの。リュカ君にわたしのことを好きになってもらって、新しい持ち主になってもらおうとしてたんだよ。だからこの気持ちも……きっと嘘なの」

「嘘なわけあるか！」

「嘘なんだよ！　わたしは本物の秋本美香じゃない！　ただの感情の残りでしかない。わたしはあの本の操り人形なんだ。だから——」

「じゃあなんで泣いてんだよ!?」

「……っ」

　彼女の目じりから雫《しずく》がこぼれた。その涙を止めるようにリュカはゆっくりと抱き締める。

「本物とか偽物とか知らねえよ。俺、馬鹿だからそんな難しいことわかんねえし。俺が出逢ったのは今ここにいる秋本ちゃんだ。大事なのはそれだけだ」

だから、と言葉は続いた。リュカは静かに空を見上げる。そこには半身を失ったような半月。リュカの瞳《ひとみ》に強い覚悟のようなものが宿っていく。

「だから、俺も一緒にいくよ」

「え……」

人狼《じんろう》の少年は言う。八重歯を見せ、にこやかに笑って。

「好きな子を独りぼっちでいかせられねえよ。だから俺もいく。連れてってくれ。そしたら秋本ちゃんも淋《さみ》しくないだろ？」

指先が彼女の目じりをぬぐう。その瞳は驚きに見開かれていた。

「本気、なの……？」

「言ったろ？」

これでもかというキメ顔。

「俺、いつだって本気のことしか言わねえから。俺の言葉はいつだって本気の真実だぜ」

「……ばか」

顔をくしゃくしゃにして秋本さんは俯《うつむ》いた。ばか、という一言で理緒はなぜか沙雪さんの顔が頭に浮かび、思わず声を上げる。

「い、いいんですか、リュカ!?」

「わりぃ、理緒。せっかく飲み会やろうって言ってたのに、ドタキャンになっちまった」

気軽な笑顔で謝られた。でもその軽やかさがリュカの本気を伝えてきた。

飲み会にいくなんて言ってない。でもいくと言えばよかったと思った。そうしたらきっと止める言葉も見つかったかもしれないのに。

鬼籍が燃え上がっていく。それと共に舞台を包む光も勢いを失《な》くし始めていた。

眩《まばゆ》い光のなか、リュカの横顔には確かな覚悟があった。しかしふいに彼女が囁《ささや》く。

「それは……出来ないかな」

涙の雫を跳ねさせて、秋本さんは笑った。

「わたしはリュカ君と一緒にはいかない。ううん、いけないよ」

「ど、どうしてだよ……っ⁉」

「リュカ君には神崎君って友達がいるでしょう？　生きてる人は、生きてる人同士で仲良くしなきゃ。天国にいくのは寿命を全うしてからのことなんだよ、きっと」

リュカの胸に秋本さんの手が触れる。

「だから生きて。生きて、生きて、いーっぱい生きて。素敵な恋人を作って、たくさんの家族に囲まれて、明るいお爺《じい》ちゃんになって、土産話を山ほど持って、それからわたしに会いにきて」

「素敵な恋人って、それじゃあ……」

「うん、わたしはリュカ君をフリます。死んでもあなたとは付き合いません」

清々《すがすが》しいくらいきっぱりとした笑顔だった。

「わたし、人生を全うできないような男の子には興味ないの。だから……生きて？」

そっとリュカの胸を押して離れ、彼女は距離を取る。願いを込めたような瞳で見つめ、その視線を受けてリュカは……泣きそうな顔で苦笑した。

「はは、ちくしょう……俺、とんでもなくイイ女に惚《ほ》れたんだな」

おどけた調子で頭をかく。しかしリュカの唇がどうしようもなく震えていることに理緒は気づいていた。それでも彼は顔を上げた。勢いよく、すべてを背負《しょ》って立《た》つように。

「わかった！　そっちで待っててくれ。俺、すっげえ可愛《かわい》い恋人作って、最高の家族作って、幸せでシワくちゃなジジィになって、何十年分もたーっぷり土産話を用意していくからさ！」

約束だ、と小指が差し出される。

「うん、楽しみにしてる」

秋本さんの指がそこに絡まる。

「わたし、リュカ君に逢えて良かった。本当に……幸せでした」

最後に向けられたのは、花が咲くような笑み。ほのかな涙の跡を残し、秋本さんの姿が消えていく。

理緒の手元ではついに鬼籍が燃え尽きた。舞台の光が一斉に舞い、空へと昇っていく。そうして彼女はこの土地から去った。

空を見上げて、リュカは最後までその光を見送った。

「……あのさ、氷室教授」

月灯《あ》かりのなかで、銀色の髪が揺れていた。前髪で隠れて、その表情は見えない。

「今回、『ブックカース』に呪われたのは俺だって言ってたッスよね。でもそれ間違いです」

銀髪がはらはらと風に溶けるように消えていき、元の髪形に戻っていく。

だってさ、とリュカは続けた。

涙の跡を残しながら、それでも強い想《おも》いのこもった笑顔で。

「最高の初恋だった。これが呪いのわけねえじゃん！」

すでに黒の光は舞台になく、彼女がここにいたという証すらもうどこにもない。それでも彼はちゃんと笑っていた。月灯かりの下で立派に前を向こうとしていた。

翌週、また氷室ゼミに向かうため、理緒は教員棟のエレベーターに乗ろうとしていた。

あれからリュカには会えていない。やはり思うところがあるのか、ずっと大学にきていないようだった。

　さすがに心配なのだけど、連絡先を知らないので様子を確かめられない。今日のゼミにきてくれていればいいですけど……と思いながら、一階からエレベーターに乗り込む。

　気になることといえば、教授のことも不可解だった。

「今回、どうして教授は色々動いてくれたんでしょうか……」

　鬼籍の一件はヴァンパイアには何も関係がない。ウールの時はそれで一気に興味を失くしていたというのに、今回はどう見ても率先して動いてくれていた。

　そもそも鬼籍が危険なものだからといって、わざわざ封印していたことも教授らしくないとも言える。いつだって自分本位な人なのに。

「もしかして……」

　あれで学生たちのことはちゃんと考えてくれているということだろうか。

　今回のこともリュカに呪いが降りかかったから、それを解こうとしていたのだとすれば説明がつく。

　鬼籍が完全に燃え尽きた後、光を見送ったリュカに対して、教授は言っていた。

　──『ブックカース』は盗人《ぬすっと》に掛けられる呪いだが、本そのものが読む者を拒むわけではない。中世の人間たちにとって、本に記された知識は掛け替えのない祝福だった。リュカ、秋本美香との出逢いがお前にとって呪いではなく祝福なのだとしたら、彼女がこの地に現れた意味もあったのだろう、と。

ウールの時もなんだかんだ手助けしてくれたし、ひょっとすると、氷室教授は意外に良《い》い人なのかもしれない。

「って、いやいや、そんなまさか……」

自分の思いつきを否定し、理緒はエレベーターの閉まるボタンを押す。と、誰かが飛び込んできた。

「うひぃーっ、ギリギリセーフ！　危っねえ、遅刻でもしたら氷室教授に超怒られるからなぁ」

「リュ、リュカ!?」

扉が閉まる寸前で駆け込んできたのは、銀髪の留学生だった。

その腕にはなぜか山のようなレポート用紙が詰まれている。

「おー、理緒、おひさ。一週間ぶりだな。元気だったか？」

「いや元気だったかはこっちの台詞《せりふ》です……。それになんですか、その大荷物は」

「あー、これかぁ」

げんなりした顔でレポート用紙の山を掲げる。

「ほら結局、鬼籍の札を破っちまったの、俺だったわけじゃん？　情状酌量の余地ぐらいあんだろうと思うんだけどさ、氷室教授にそんな慈悲はないわけで、罰として大量のレポートを命じられてたんだわ」

「えっ、それ全部、リュカが書いたレポートなんですか!? どこかの講義で学生たちの提出分を集めてきたとかではなくて?」

「ぜーんぶ、メイドイン俺。一週間掛かったわ」

「う、うわー……お疲れさまです」

どうやらリュカが大学にこなかったのはこのレポートのためだったらしい。控えめに言って鬼の所業だ。きっと他の講義に出る暇もなかったに違いない。やっぱり教授が学生たちのことを考えてるなんて、あるわけなかった。

「んでさー、理緒」

リュカが体をよじりながらスマホを取り出した。

しかし何か言われる前にこちらが先に口を開く。

「連絡先を交換しませんか?」

「およ?」

理緒もスマホを取り出してみせる。

「飲み会をやりましょう。レポートのお疲れさま会ということで」

リュカの顔に笑みが広がっていく。

「そうこなくっちゃな! 俺のレポート完成祝いと、もちろん理緒の歓迎会も兼ねてだぜ。

ゼミの奴らも集めて飲み明かすぞ！」

「僕はジュースですけどね」

「ジュースでもオッケー、オッケー！　ピッチャーで用意してやるよ！」

最初に誘われた時は、人狼と飲み会だなんてどうかと思っていた。だけど誰かを想う気持ちに人間や幻妖《げんよう》の違いなんてないのかもしれない。今回のことでそう思えるようになっていた。

エレベーターが昇っていくなか、理緒のスマホにリュカの連絡先が転送される。

大学生活も一か月が過ぎ、こうして今日――理緒に新しい友人ができた。

彼は銀髪で、留学生で、チャラチャラした幻妖だけど。

人を愛することを知っている、とても頼りになる人狼だ。

第三章　古椿《ふるつばき》の思い出

いつしか桜の花は散り、きれいな葉桜となって、暦は五月になった。

霧峰《きりみね》大学では毎年この季節に学園祭が行われる。やや時期外れな気がするが、昔の地域の祭りに端を発するとかで、キャンパス内は賑《にぎ》やかなムードに包まれていた。

そんななか理緒《りお》は中庭でひとり、サンドウィッチを食べていた。大きい木の下にベンチがあり、そこに座っている。

今日の講義は午前中だけで午後からはすべて休講になり、キャンパス内は学園祭の準備期間に入る。

サークルなどに入っていない理緒は真っ直《ます》ぐアパートに帰ってもいいのだが、空気だけでも味わいたくて残っていた。

「はぁ、本当なら僕だってああいう輪のなかにいたはずなんですけど……」

中庭には屋台を組み立てている学生たちがいて、彼らを眺めながら理緒はため息をついた。

友人たちと学園祭を楽しむなんて、憧《あこが》れ中の憧れだった。

しかし現在、この身はハーフヴァンパイア。顔見知りの学生はちらほらいるが、一緒に何かやろうと言えるほどの友人はいない。結果、遠目から眺めてサンドウィッチをかじっていることしかできなかった。

意気消沈しながら水筒のお茶を飲む。そうしていると、ふいに目の前に影が下りた。やたらと明るい声が頭の上から降ってくる。

「あれー、ひょっとして理緒くん？　どうしたの、こんなところに独りぼっちで。今日はばか犬のリュカと一緒じゃないんだ？」

「あ、沙雪《さゆき》さん……」

そこにいたのは氷室ゼミの三年生、風花《かざばな》沙雪さんだった。

トレードマークのポニーテールを揺らし、大きめのトートバッグを肩から下げている。

「一緒に食べようかと思ってたんですけど、リュカは知り合いの準備を手伝うとかで」

『ブックカース』の一件以降、リュカとはちょくちょく行動を共にするようになっていた。お昼ご飯を一緒に食べたり、理緒の取っている講義に気まぐれでリュカが潜り込んだり、何かと顔を合わせることが多い。

ただ今日は学園祭の準備で人手が必要だとかで、リュカは知り合いに呼ばれてヘルプにいっていた。人狼《じんろう》ではあるものの、リュカは根が明るいのでキャンパス内に友人が多い。

理緒としては、自分もああなれたらな、とたまに思ってしまう。

まあ、とくに日常生活に支障のない人狼と違って、弱点だらけのハーフヴァンパイアには望むべくもないけれど。

「えー、じゃあまさか理緒くんのこと放《ほ》ったらかしていっちゃったの？　ひどいわね。あのばか犬、一体何様よ」

「いやあの、放ったらかしとかではないんですが……」

「最低よね、あいつ。本当最低よ。……ばか犬」

どう返事をしたらいいかわからず、とりあえず水筒のお茶を飲んで間を持たせる。

先日、リュカが飲み会を開いてくれたおかげで、氷室ゼミの先輩たちとも多少話すようになっていた。

それでわかってきたことだけど、リュカと沙雪さんは思っていた以上に仲がよくないらしい。

他の先輩たち曰《いわ》く、もともとはそこまで険悪ではなかったらしいが、リュカが『ブックカース』の件を氷室ゼミで報告し、秋本《あきもと》さんのことを情感たっぷりに語った辺りから、なぜかギスギス度が増してきたとのこと。

「まあいいわ。ね、理緒くん。サンドウィッチだけじゃ足りないでしょ？　はい、これあげる」

隣に座ってきて、トートバッグからスティックタイプのクッキーが差し出された。

「え、悪いですよ」

「いいから、いいから。先輩の好意は素直に受け取っておくものよ。ね、広瀬《ひろせ》？」

沙雪さんの後ろにはもうひとり、氷室ゼミの先輩がいた。

同じく三年生の広瀬佑真《ゆうま》さん。シュッと引き締まった体をしていて、スポーツマン的な雰囲気の人だった。実際、サークルは野球部に所属しているという。

どんな幻妖かはまだ聞いたことがないけれど、ゼミではちょこちょこ話しかけてくれて親しみやすい先輩だった。

沙雪さんに同意を求められ、広瀬さんは笑顔で頷《うなず》いた。

「だな。ちゃんと食っとかないと、午後からもたねえぞ？　ただでさえ神崎《かんざき》は線が細いからなぁ。せっかく風花がくれるって言ってるんだ。もらっとけもらっとけ」

「……広瀬さんがそう言うなら。ありがとうございます、沙雪さん」

広瀬さんはなんとなく兄貴分的な雰囲気があって、自然と言うことを聞きたくなってしまう。

お礼を言って沙雪さんからクッキーをもらい、包装紙を破く。

「お二人はこんなところで何をしてたんですか？」

「ああ、それはな……」

「しっ！　広瀬、まだ言っちゃダメ」

「え、なんでだよ？」

「いいから」

広瀬さんが教えてくれようとしたところをなぜか沙雪さんが鋭く遮った。その視線はこっちの手元をじっと睨《にら》んでいる。

「ほら、理緒くん。早く食べて食べて」

「いや……そんなあからさまに見られてると、嫌な予感がして食べにくいんですが」

「ヘイヘィ、後輩。あたしのクッキーが食べられないって言うの？」

「あの、これ市販のクッキーですよね……？」

「大丈夫よ、毒も薬も雪女特製天然ドライアイスも入ってないから、安心してグッといきなさい、グッと」

「グッととかそんな飲み会のビールみたいに言われても……」

しかしとりあえず食べないと許してもらえないらしい。しょうがないので、クッキーの先端をパクッと口に入れた。

「食べたわね？」

途端、沙雪さんがニヤリと笑った。

「じゃあ、いきましょう！　目指すは並木道の奥よ！」

「え、え、え!?」

いきなり腕を引っ張られ、どんどん歩きだされてしまう。

鞄《かばん》がベンチに置きっぱなしだったので、広瀬さんが「しょうがねえなぁ、風花は」と言って持ってきてくれた。

「や、一体なんなんですか？　僕はどこに連行されるんです？」

「理緒くん、『夢喰《ゆめく》いの古椿《ふるつばき》』の噂《うわさ》知ってる？」

「夢喰い……？　いえ初めて聞きましたけど」

引っ張られながら答えると、沙雪さんはこっちを振り向いて口元をつり上げた。

「ではでは、先輩が教えてあげましょう」

夢喰いの古椿。

それが生えているのは正門側の並木道。毎年、きれいに桜が咲く場所で四月の最初の頃には、理緒も満開の桜を眺めながら並木道を通っていた。

並木道は大学の敷地《しきち》をぐるりと取り囲んでいて、いくつか脇道もある。その末端も末端、ほとんど誰もいかないような暗がりに一本だけ、椿の木があるという。

「その椿がねえ、学生たちを喰おうとするらしいのよ」

夢喰いの古椿は本来、美しい赤色をしている。だが長い年月のなかで徐々に枯れ始め、生命力を失った花は色の抜けた白になってしまった。

それを口惜《くや》しく思った椿は学生たちが最も活気づくこの学園祭の時期に牙《きば》を剝《む》き、その身を喰らって自分の花を赤くする。

「なんか……怪談じみた話ですね」

「そうね、明らかに怪談的な胡散臭《うさんくさ》い話だわ。けど実際、襲われたっぽい学生が何人かいるのよ」

「え、そんなまさか……」

「そのまさかよ。ね、広瀬？」

沙雪さんに話を振られ、広瀬さんが「まあなぁ」と頭をかく。

「ウチの野球部の奴がさ、昨日フライングして屋台の準備をしてたんだけど、ふらっと倒れちまったんだ。一応、医務室では貧血って言われて家で休ませてるけど、普段めいっぱい野球の練習してるのに、貧血なんてどうも不自然だとは思うんだ」

「そこで『夢喰いの古椿』ってわけ」

噂は昔からこの大学に語り継がれていたらしい。

古椿は獲物と見込んだ人間に悪夢をみせる。その人間が最も恐ろしい目に遭った時のことを夢にしてみせるのだ。

悪夢に飲まれた人間はふらふらと古椿に引き寄せられ、結果、幹に飲み込まれるように喰われてしまうという。

「昨日今日だけで医務室には三人も貧血の学生が担ぎ込まれているわ。これって妙だと思わない？　明らかに『夢喰いの古椿』のせいよ」

「確かに妙だとは思いますが、でも……」

理緒も何度か氷室教授のあやかし調査に付き合わされている身だ。

沙雪さんの話を聞き、思案する。

「少し違和感を覚えます。学生たちは貧血で倒れているんですよね？　『夢喰いの古椿』が悪夢をみせて誘い込むのなら、貧血という症状と繋《つな》がらないような気も……」

「それはほら、古椿が枯れかけて弱っているせいよ。悪夢をみせてふらふらにはできるけど、自分のところへ引き寄せる前に力が尽きちゃったのよ、きっと」

「な、なるほど」

ちょっと強引だけど、理屈は通らなくもない……気がしないでもない。

「重要なのはそこじゃないわよ、理緒くん。古椿は学生を喰らって、自分の花を赤くしようとしてる。これってつまり……血を求めているってことじゃない？」

「あ」

「そう、氷室教授がすっごく好きそうな話よね！」

教授はヴァンパイアのルーツを探って、あやかし調査をしている。

もしも夢喰いの古椿が人間の血によって赤い花を咲かすのだとすれば、それは教授にとっての調査対象になるかもしれない。

「でももし古椿がそういうことをしているのなら、教授がとっくに気づいてるんじゃないですか？　あの人、もう何年もこの大学にいるんですよね？」

「む、目ざといね。でもそこがミソなのよ。ほら学生たちって無鉄砲でしょ？」

「風花も含めてな？」

「広瀬、うるさい。でね、毎年、学園祭ではしゃぎ過ぎて怪我《けが》する学生がちょこちょこ出るのよ。たぶんそのせいで教授も気づかなかったんじゃないかと思うの。だとしたら教授の役に立てるチャンスだわ」

沙雪さんはゼミのなかでも氷室教授に心酔しているタイプだ。

理緒としてはいまいちその感覚はわからないけれど。

「というわけで頼んだわよ、理緒くん！　『夢喰いの古椿』が正体を現すかどうかは君たちに掛かってるんだから！」

「……はい？」

正門を出て、ちょうど並木道に差し掛かったところで理緒は急停止。

「ちょっと待って下さい。まさか……僕を古椿のエサにするつもりじゃないですよね⁉」

「え、そうだよ？」

「当たり前のようにしれっと……っ」

氷室教授のごとき思考だった。

「ほら、あたしは幻妖《げんよう》だし、人間がいないと、きっと古椿が狙ってくれないでしょ？　というわけで広瀬を連れてきたんだけど、理緒くんも半分は人間だし、役には立つと思うのよ。だから自信を持って！」

「あやかしのエサになる自信なんて持ちたくありません！　それに広瀬さんにだってそんな役割は……って、え、あれ？」

思わず目を瞬《しばた》いた。

「沙雪さんの言ってることって……人間なら古椿のエサにできるって話ですよね？」

「そうね」

「だな」

「そこでどうして広瀬さんの名前が出てくるんですか……？」

沙雪さんと広瀬さんが顔を見合わせる。

「ああ、理緒くん、まだ知らなかったのね」

「みたいだな。そういや言ってなかったかも。神崎、俺は普通の人間だぞ？」

「は？」

一瞬、意味がわからなかった。

「い、いやでも氷室ゼミって教授が集めた幻妖たちの教室なんじゃないんですか？」

「まあ、それはそうなのよね」

「だから俺は例外ってとこだな」

「例外？」

大きな体で肩を竦《すく》め、広瀬さんは笑う。

「俺は高校の頃にこっちに引っ越してきたんだけどさ、元いた街で親友が妖狐《ようこ》と暮らしてるんだ」

「はぁ……」

妖狐と暮らしてるとはまたすごい話だった。いやこっちもヴァンパイアに眷属《けんぞく》扱いされているから、あまり人のことは言えないけれど。

「そんな奴は珍しいってんで、この大学入った時、氷室教授からゼミに誘われたんだ。俺もなんかできることがあるならと思って、氷室ゼミに所属してる」

まさかあのゼミに人間がいるとは思わなかった。

しかしてっきり幻妖ばかりだと思っていたから逆に心強い気もする。

「というわけで、広瀬と一緒に並木道に向かってたら、中庭でぽつんとしてた理緒くんを発見というわけよ！　エサが二人もいればきっと古椿も動くはずだわ」

「発見されてしまった不運を心底呪いたい気分です……。もう全力で帰りたいんですが」

「駄目だよ。だってクッキー食べたでしょ？　その分は働いてもらわなきゃね！」

大変いい笑顔で断言されてしまった。

あのクッキーはそういう意味だったらしい。道理で妙に強引だったはずだ。

ここは同じ人間同士、そして同じエサ扱いされた同士、最後の希望に縋《すが》るしかない。

「広瀬さん、本当にこのまま沙雪さんについていっていいんですか。僕はハーフヴァンパイアの力があるから多少は何かあっても平気ですが、普通の人間の広瀬さんは下手したら本当に危険かもしれませんし」

「んー、いやたぶん大丈夫だと思うぜ？」

前を歩く沙雪さんに聞こえないように、広瀬さんは少し声を潜める。

「俺が引っ越してきた話はさっきしたろ？　その時、地元の妖狐さんからお守りをもらったんだ」

そう言って掲げられたのは小麦色に焼けた、健康的な右腕。広瀬さんはいつも右の手首に赤い組紐《くみひも》をつけている。それがふわりと揺れていた。

「これがそのお守りなんだけどよ、これつけてると悪いモンは寄ってこないんだと。なんか妖狐さんの匂いがついてるらしくて、氷室教授もすげえ警戒して、最初は俺に声掛けてこなかったくらいなんだ」

「あの教授が……」

「だから俺が一緒ならその古椿ってのも襲ってはこねえよ。だから安心していいぞ。ちょっとばっかし風花のワガママに付き合ってやってくれ」

「よかった。そういうことなら了解です」

ほっとした。さすが同じ人間の広瀬さんは頼りになる。リュカや沙雪さんと違って、こういう人こそ先輩というのだろう。

しかし名ばかりの方の先輩が許してはくれなかった。

「ちょっと！　聞こえたよ、今のひそひそ話！」

雪山に現れた雪女のような顔で、沙雪さんが振り向いた。

「広瀬！　あんた、人間のくせにとんでもなく強いあやかしの気配がしてるから不思議だなぁとは思ってたけど、そういうことだったの!?」

「げ、聞いてたのかよ」

「聞いてたわよっ。あんたがいたら古椿が理緒くんを襲ってくれないじゃない！」

「いや僕が襲われる前提の発言はどうかと思うんですが!?」

「そうだぞ、さすがに神崎が可哀想《かわいそう》だろ？」

「問答無用よ。広瀬はクビ！　はい、帰った帰った」

「勝手な奴だなぁ」

広瀬さんの背後にまわり、沙雪さんは大きな背中をぐいぐいと押す。

「ほらもうどっかいって。確か野球部の屋台の準備が途中だって言ってたわよね？　特別にそっちにいっていいから、ほら、いったいった。ちゃんと社会に居場所のある広瀬にはあたしの気持ちなんてわかんないわよ」

そう言われ、広瀬さんは短髪の頭をかいた。申し訳なさそうにこっちに視線を向ける。

「わりぃな、神崎」

今度こそ沙雪さんに聞こえないような小声で囁《ささや》く。

「沙雪ってさ、雪女と雪の精霊の混血だろ？　それでどっちの仲間にもなれなくて苦労してるらしいんだ。少しだけあいつのワガママに付き合ってやってくれるか？」

「それでもエサ扱いはされたくないですが……」

ただどっちの仲間にもなれない辛《つら》さはハーフヴァンパイアとしてはわかる気がした。

「……わかりました。仕方ないから諦《あきら》めます。了解です」

「サンキューな。一応、俺の方でも手は打っておくからさ」

何かフォローをしてくれるつもりらしく、広瀬さんはそう言って、並木道を戻っていった。沙雪さんが「余計なことはしないでよ、もうーっ！」と釘《くぎ》を刺していたが、後輩としては広瀬さんが事態を好転させてくれることを願うばかりだ。

そうして結局、沙雪さんと二人だけになった。

目的の場所にたどり着いたのは、それから少ししてのこと。

入り組んだ並木道の末端、ほぼ人が通らない行き止まり。もしも通るとすれば、学園祭の前後でゴミ捨て場へのショートカットをしようとする学生ぐらいだろう。

辺りは薄暗く、道の舗装も途中で終わって地面が剝き出《むだ》しなので、気を抜くと一瞬、山道にでも迷い込んでしまったのかと錯覚しそうになる。

ここまで並木道には桜だけが続いていた。しかしこの行き止まりには……古い椿の木が一本だけ立っている。

「どうやら噂《うわさ》は真実だったみたいね」

沙雪さんが見上げる先、椿の木は白い花を咲かせていた。

「単純に白い種類の椿ってことなんじゃないですか？」

「いいえ、きっと人間を食べると、この白い花が赤く色づくのよ」

「それ食べられるの、僕ってことですよね……？　普通に嫌なんですが」

「大丈夫よ。もしも『夢喰《ゆめく》いの古椿《ふるつばき》』が襲ってきたら、わたしが凍らせてあげるから」

自慢げに手のひらが掲げられ、そこにふわっと氷の粒が現れた。

沙雪さんは幻妖の特性で氷や雪を操ることができるらしい。確かに頼もしい力ではあるけれど……。

「とりあえず古椿があったのはいいですが、ここからどうするんです？　一応、僕が目の前に立ってますけど……とくに何も起きそうにもないですよ」

軽く両手を広げてみるが、古椿にはなんの反応もない。まあ、人が通りかかっただけで襲ってくるようなあやかしでも困るのだけど。

「よくぞ聞いてくれました」

なぜか嬉《うれ》しそうに言い、沙雪さんは自分のトートバッグに手を差し入れる。

「これなーんだ？　理緒くんはたぶん知ってるでしょ？」

取り出されたのは、表面に幾何学的な文字が描かれたキャンドル。確かに見覚えがあるものだった。

「それ、教授の……!?　なんで沙雪さんが持ってるんですか!?」

忘れようにも忘れられない、教授が『髪絡みの森』で使ったキャンドルだった。

その香りにはあやかしが活性化する作用がある。危険なものであることはこの身で直《じか》に体験済みだ。

「ふっふーん、実は氷室教授の研究室からこっそり借りてきちゃったんだ。ちゃんと植物系統のあやかし用のを持ってきたわよ」

「そんな神をも畏《おそ》れぬ行為を……っ」

「神を畏れて幻妖なんてやってられないのだよ、少年」

無意味にドヤ顔をする、沙雪さん。

「いやダメですよ！　そのキャンドルは危険なんです。『夢喰いの古椿』が本当に人を襲うようなあやかしだったら、どんな大変なことになるか……っ」

「でももう火つけちゃったよ？」

「手際が良すぎませんかーっ!?」

一瞬、背中を向けたかと思うと、次の瞬間にはキャンドルに火がつけられていた。沙雪さんの手にはマッチがある。どうやらマッチ込みで持ってきていたらしい。

甘い蜜《みつ》のような香りが辺りに漂い始める。こうなったらもう『夢喰いの古椿』の噂がデマであることを願うしかない。

だけど、そんな希望は儚《はかな》く散った。

目の前で古椿の枝がざわざわと揺れ始める。

その動きは次第に激しくなり、やがて耳をつんざくほどの轟音《ごうおん》になった。まるで錆《さ》びたノコギリのような不快な音が響き渡る。

枝のざわつきはどんどん大きくなっていく。明らかに異常な雰囲気だ。

「さ、沙雪さん、火を消して下さい……っ！　これ、たぶん本当にマズいやつです。一旦《いったん》ここから離れましょう！」

「えっ、なに？　理緒くん、聞こえないよ……っ！」

キャンドルを持っているせいで、片方しか耳を塞《ふさ》げないらしく、すぐそばで叫んでいるのに声が届かない。

仕方ないと思って、顔をキャンドルに近づけて息を吹きかける。それで火は消えたが、
次の瞬間、

「わ……っ⁉」

「きゃあ⁉」

大地が隆起した。古椿の根っこがうねって地面のなかで蠢《うごめ》いたのだ。二人同時にバランスを崩し、その場に倒れ込む。

頭上では無数の白い花がむせび泣くように揺れていた。一輪一輪が真っ白な鈴のごとく揺れ、同時にどこからともなく声が聞こえてくる。

「――……たくない……られ……たくないの……」

枝のざわめきがうるさくて、なんと言っているのか、聞き取れない。そもそもちゃんと聞いている余裕もなかった。ざわめいた枝が鋭く伸び、一斉にこっちへ向かってくる。

「く――っ！」

とっさに反応できたのは、ウールの時に経験していたおかげだった。

反射的にヴァンパイアの力を解放し、地面を蹴《け》り上げる。一瞬前までいた空間に古椿の枝が矢のように突き刺さった。

ゾッとする。あと一秒遅かったら、あの枝によって串刺《くし》しにされていたかもしれない。

「沙雪さん、逃げましょう！」

さらに横へ飛びながら声を張り上げる。

しかし彼女のいる方向を向いて息をのんだ。

「あ、理緒、くん……っ」

沙雪さんは立ち上がることすらできず、まだ地面に転がっていた。

いくら雪女といえど、彼女はハーフヴァンパイアのように身体能力が高いわけじゃないらしい。とっさのことでそこまで考えが至らなかった。

矢のような枝がその頭上に迫っていた。椿は暴走しているらしく、人間だろうが幻妖《げんよう》だろうが見境がなくなっている。

沙雪さんの瞳《ひとみ》が恐怖に見開かれる。同じ感情が理緒の胸にも渦巻いた。

ずっと欲しかった、穏やかな日常。

それはこんなふうに目の前で誰かが傷つくようなものじゃない。

見たくない。誰かが傷つくところなんて絶対に見たくない……っ。

「うわあああああッ！」

後先なんて考えず、気づけばがむしゃらに突っ込んでいた。風のように駆け、沙雪さんを抱き上げて、矢の雨のなかを走り抜ける。

でも間に合わない。

ヴァンパイアの力で強化された感覚でそれがわかった。奥歯を食いしばり、沙雪さんの体を勢いのまま前方へ放り投げる。

「理緒くん……っ!?」

ポニーテールが視界のなかで揺れ、遠ざかっていく。

ヴァンパイアの力なんて好きじゃなかったけど……でも意外に悪くなかったかもと一瞬思った。

感覚的に沙雪さんを枝の届かないところまで投げることができたとわかったから。

全身が搦《から》め捕られるのを感じた。二本、三本とそれは増えていき、鈍い痛みが体中を駆け巡る。

同時にキャンドルの蜜のような匂いとは別の香りが漂ってきた。それは椿の花の香り。

嗅《か》いだ瞬間、まるで海底に引きずり込まれるように意識が遠のき始めた。

沙雪さんが言ってた。『夢喰いの古椿』は獲物が最も恐ろしい目に遭った時のことを悪夢としてみせ、その身を喰らうのだと。

頭がぼんやりとしていく。

「僕の、最も恐ろしかった体験……」

それはきっと人間としての命が終わりかけた、あの夜のこと。

神崎理緒は覚めない悪夢のなかへ落ちていく――。

――気づいたらどこかの廊下を走っていた。

窓の向こうは真っ黒で、蛍光灯も一つ飛ばしでしか点《つ》いていない。たぶん真夜中なのだろう。

とくに何の変哲もない廊下だった。

ただ自分はやたらと息を切らせて走っている。壁には事務室の場所を示すプレートがあったり、埋め込み式の消火栓があったりと、どこか見覚えのある景色が続いていた。

そのうち掲示板に『講堂使用の注意点』という張り紙があることに気づき、理緒は『ああ、そうか』と納得した。

道理で見覚えがあるはずだ。ここは大学の中央棟の廊下だ。

「でも、どうして……」

……どうして僕はこんなところを走っているんでしょうか。

心と体がバラバラな感じがした。頭は今の状況に戸惑っているのに、体は必死に走っている。

記憶も妙に曖昧《あいまい》だった。自分はどうして中央棟にいるのか、さっきまで何をしていたのか。どうにか思い出そうとしていて、ふと気づいた。

「あれ……？」

立ち止まって窓を見る。

自分の顔が映っていた。

これでもかというくらいぼんやりしていたのに、輪郭がぼやけていない。まるで生粋の人間のようにちゃんと映っている。

不思議に思って、窓を凝視してしまう。するとさらに気づいた。

桜が咲いている。窓の向こうに満開の桜並木が見えた。

「どうして……？」

今は五月のはずだ。キャンパス内はすべて葉桜になっていて、桜の花なんて咲いていない。

ただ、記憶に強く引っ掛かるものがあった。

……見たことがある気がします。僕はこの窓からあの桜並木を……。

それは邪悪なあやかしに遭遇し、瀕死《ひんし》の重傷を負った、あの夜に。

「まさか……」

気づいた瞬間、記憶の蓋《ふた》が開け放たれた。

自分は氷室ゼミの沙雪さんに連れられて、『夢喰いの古椿』を調べにいったのだ。そこで古椿に襲われ、枝に搦め捕られてしまった。

噂《うわさ》によれば『夢喰いの古椿』は最も恐ろしい目に遭った時のことを悪夢としてみせて、その間に人間を喰うのだという。

つまりここは悪夢のなかだ。

神崎理緒が人生で一番恐怖した瞬間、それはこの春の夜に他ならない。

「だとすると……っ」

反射的に廊下の奥を見る。

ほぼ同時に、どこからか気味の悪い音が響いてきた。

……ひた……ひた……ひた…………。

ふやけた素足で床を引きずりながら歩くような音。ぞくり、と背筋が総毛立った。

廊下の奥は暗がりになっていて、まったく見通せない。

今、その闇のなかからゆっくりと何かが現れる。

「あ、あ、あ……っ」

この夜のことは何度も夢にみた。

しかし自分を傷つけた邪悪なあやかしのことは、なぜか靄《もや》が掛かったようにおぼろげで姿を思い出せずにいた。きっと恐怖のあまり無意識に記憶を閉ざしてしまったのだろう、と自分では考えていた。

だが強制的に悪夢をみせるという『夢喰いの古椿』の力だろうか。

ずっと忘れていた邪悪なモノが闇のなかからやってくる。

ボロボロの着物をまとった、ミイラのような姿。

手足は骨と皮だけのように異様に細く、着物の襟元から浮き出た胸骨が覗《のぞ》いている。くぼんだ眼窩《がんか》には血のような赤い目が爛々《らんらん》と光っていた。

そして最も目立つのはその額。捩《ね》じれた大きな角が二本、天を突くように生えていた。

鬼だ。

恐ろしい姿をした鬼だった。

それがひたひたとこちらへ向かってくる。

「あああ……っ！」

思い出した。いや思い出してしまった。

この鬼によって、自分は命を落としかけたのだ。

恐怖の記憶に突き動かされ、理緒は転がるように逃げだした。足がもつれて掲示板に激突。学生課のお知らせの紙が破れ、それを振り払うようにして理緒は逃げだす。

鬼はまだ廊下の奥にいた。

だが見逃されるわけではないことを理緒は知っている。なぜならあの夜がそうだったから。

真っ赤な瞳がぎょろりと動く。ひたひたと気味の悪い音を響かせて、鬼が走り出した。

「なんで、なんで……っ！」

これは『夢喰いの古椿』が見せている悪夢だ。頭ではそうわかっている。けれど、なんでと思わずにはいられない。

鬼が近づくほど、窓ガラスがひとりでに震え、天井の電灯が点滅する。恐怖心がさらに増し、もはや叫び出したかった。

戻りたい。この悪夢から目覚めたい。

きっと現実の世界では今、自分は『夢喰いの古椿』に喰われようとしているはずだ。なんとかして目を覚まさないといけないのに、どうすれば戻れるのかわからない。

「……っ!?」

曲がり角にくると同時に、耳のすぐ横を何か鋭いものが通った。直後、目の前の壁に亀裂が走る。

鬼が長い爪を突き立てていた。理緒の髪が数本切られ、はらはらとこぼれていく。ぞっとして足から力が抜け、その場にへたり込みそうになった。

「うわあああ……っ!」

悲鳴を上げて床を這《は》う。

鬼は爪を引き抜き、狩りを愉《たの》しむようにゆっくりと追ってくる。

もう逃げられない、と思った。

この悪夢があの夜を再現したものであるのなら、すでに結末は決まっている。それを証明するように、無意識にやってきてしまっていた。

霧峰大学の名所の一つ、『ガラスの階段』——その二階フロア。

フロア全体がせり出し構造になっていて、天井が吹き抜けになっている。星灯《あ》かりが天窓から降り注ぎ、ガラスが光を幾重にも反射させていた。

ここが命を奪われかけた場所。

「う……っ」

背後から腕が伸びてきて、首元を摑《つか》まれた。高々と掲げられ、理緒は激しくもがく。しかし鬼の腕は微動だにしない。小枝のように細いのに異常な腕力だった。

「甘き血の香り……」

鬼がしゃべった。

砂のようにざらついた声。

「甘き血の香りだ……」

理緒は知っている。この直後、自分は胸を引き裂かれて、階段下に放り捨てられるのだと。

だが、ふいにおかしなことが起こった。

まるで映像にノイズが入るように、目の前の光景が霞《かす》んでいく。同時に鬼の声も変化し始めた。

「甘き血の香りだ……」

それはどこか聞き慣れた声だった。

「ぜひ、私の眷属《けんぞく》にほしい」

首を掴まれたまま、「え……」と呻《うめ》く。それは氷室教授の声だった。ノイズの掛かった光景のなか、鬼の姿もかき消えて、代わりにスーツ姿の長身が現れる。

「氷室、教授……？」

ひどく混乱した。

氷室教授に首を掴まれていた。高々と掲げられ、教授の手からは長い爪が伸びている。まるで今まさに理緒の胸を引き裂かんとするように。

「どうして氷室教授が僕を……!?」

『夢喰いの古椿』は最も恐ろしい目に遭った時のことを悪夢にする。であれば今ここにいるべきなのは鬼であって、氷室教授のはずがない。

教授が現れるのはこの後、理緒が階段から転げ落ちてからなのだから。

恐怖と混乱で頭が追いつかない。そんななか、ふいに——広瀬さんの声が響いた。

「『——神崎、起きろ！　もう古椿の力は消えたってよ。だから起きろ、神崎！』」

頭のなかに反響するような不思議な響きだった。

「広瀬さん……？」

「『そうだ！　悪夢から還《かえ》ってこい！　もう戻れるはずだぞ……！』」

途端、二階フロアの景色すべてがガラガラと崩れ始めた。急速に意識がどこかに引っ張られていくのを感じ、理緒は悪夢から醒《さ》めていく――。


――はっと目を覚ますと、地面に倒れていた。

なぜか広瀬さんに抱きかかえられていて、理緒は慌てて体を起こす。

「僕は一体……っ!? それに広瀬さんがどうしてここに……っ」

自分は今の今まで『夢喰いの古椿』に悪夢を見せられていた。軽く頭が混乱していて内容は思い出せないが、たぶんあの夜の夢だ。

しかも広瀬さんは沙雪さんに追い立てられて、野球部の方へいっていたはず。ここにいるはずがないのに、もしかしてまだ夢をみているのだろうか。

「ちゃんと起きたみたいだな。いやぁ、風花が真っ青になって涙目だし、さすがに焦ったぜ」

ほっとした顔をし、広瀬さんは親指で前方を指差した。

「安心していいぞ。言ったろ？ 俺の方でも手を打っておくってさ」

八重歯の見える笑顔を向けられ、親指の方向を視線で追った。そして「あ……っ」と声を上げる。

「目覚めたか、理緒。私の眷属ともあろうものが情けないぞ。ただ、沙雪を助けたという点は褒めてやる。及第点ということにしておこう」

「理緒くん、起きたの!? ごめんね、あたしのせいで……! 無事で良かった……っ」

並木道の突き当たり、古椿の立っている場所がまったく違う景色になっていた。

まるでスケートリンクのように辺り一面が氷漬けになっている。中央には沙雪さんがいて、両手を地面へつけていた。おそらく雪女の力を使ったのだ。

さらにその隣にはスーツ姿の長身。

氷室教授がいて、手のひらにキャンドルを載せていた。

「佑真に懇願されてきてみれば、まさかこんな事態になっているとはな。まあ、私もちょうどキャンドルが足りないことに気づいたところだった。必要な道具を吟味する手間が省けたのは幸いだったか」

「すみません、すみません! あたし、こんなことになるとは思わなくて……っ」

地面へ手を突いたまま、沙雪さんが平謝りする。なんだか土下座みたいな格好になっていた。

どうやら広瀬さんが氷室教授を呼んでくれて、沙雪さんと一緒になって古椿に対処したらしい。広瀬さんの言っていた、『手を打っておく』というのはこのことだったのだ。

「さて、こんなものでいいだろう」

教授は手を振って、キャンドルの火を消した。

辺りには潮風のような香りが漂っていた。匂いが違うから、沙雪さんの持ちだしたものとは別のキャンドルらしい。

「これはあやかしを鎮静化させるキャンドルだ。古椿の暴走はすでに収まった。伸びていた枝も沙雪が氷で封じたからな。完全に無力化したと考えていいだろう」

……素直にすごいと思った。

理緒ひとりではハーフヴァンパイアの力を使っても枝の猛攻から逃げるので精一杯だった。

しかし氷室教授は事も無げに古椿を制してしまったらしい。怯《おび》えていたはずの沙雪さんも教授の隣では遺憾なく力を発揮している。

「さて」

教授は自らのあご先に触れ、思案顔をする。

「あとはこの一件にどうカタをつけるかだ。まさか永遠に氷漬けにしておくこともできないからな」

「あたしは教授がやれと仰《おっしゃ》るなら、いつまでだってここで凍らせてます！」

「いやそういうわけにもいかねえだろ、風花。講義はどうすんだよ」

沙雪さんと広瀬さんがそれぞれに言い、一方、教授は古椿を見上げながらそばへと寄っていく。興味津々という目だった。

「ここにあやかしらしき木が立っていることは私も以前から気づいていた。だがすでにほぼ枯れていたからな。あやかしとしての寿命はとっくに尽きているものだと考えていた」

　形のいい唇に笑みが浮かぶ。

「キャンドルの香りで活性化したとはいえ、まだ自力で動けるほどの命が残っているとはな。理緒、沙雪、佑真、我が生徒たちよ。あやかし調査にとって最も重要なものはなんだと思う？」

　三者三様、顔を見合わせた。

「えっと……身の安全だと思います」

「いかに教授のお役に立てるかです！」

「あー、絆《きずな》とかかな。あやかしとの」

　やれやれ、と教授は肩を竦《すく》める。

「全員、E評価だ。正解は情報。事前にどれだけあやかしの風説や伝承、噂話《うわさばなし》を把握しているか、それが最も肝要だ」

　教授は古椿の目の前で足を止めた。

「しかし残念ながら私は今、この古椿の情報をほとんど持っていない。枯れたものだと思っていたからな、そもそも興味を惹《ひ》かれなかった。知っているのはせいぜいが学内で語り継がれている噂程度だ。しかし何もできないかと言えば、そんなことはない。民俗学の真髄は比較と検証だ。この古椿の情報はなくとも、似たような事例は古今東西、いくらでもある。その比較によって推論を重ね、検証によって真実に近づくことはできるはずだ」

とても楽しげに教授は考えを巡らせ始める。

「たとえば椿のあやかしはこの国においては非常にポピュラーだと言えるだろう。山形に伝わる『椿女』は旅人を蜂に変えて飲み込んでしまう。秋田の『夜泣き椿』は夜ごとに声を発し、人々に凶事を伝えるという」

「声を発する……？」

ふと思い当たることがあり、理緒は口を開いた。

「あの、僕、古椿がキャンドルで活性化した時、声を聞いた気がします」

「ほう？　なんと言っていた？」

「ちゃんとは聞き取れませんでしたが、確か『……られたくない』って」

「られたくない？　何かを『されたくない』という意味合いか？」

ふむ、と教授はさらに思案する。

「古椿は何かしらの行動に対する拒否を示しているということだろうか。――沙雪、お前は理緒の言う声が聞こえたか？」

「えっ、いえ、あたしは何も。理緒くん、そんなもの聞こえた？」

「はい。僕には聞こえた気がしたんですが……」

「理緒には聞こえて、沙雪には聞こえない。となれば対象は人間か」

腕組みをし、トントントンと教授は指でリズムを取る。

「人間に対する『られたくない』と考えれば『切り倒されたくない』辺りが妥当な線か？しかしこの並木道を伐採する計画など私の知り得る限り、存在しない。となればもっと別の可能性……そうか、アメリカの『デビルスタワー』の件もあるな」

「デビルスタワー？」

「ワイオミング州にある、有名な岩石のことだ」

広瀬さんが首を傾《かし》げ、教授が説明する。

アメリカのワイオミング州には高さ１５００メートルにも及ぶ、巨大な岩石があるらしい。

それは地下のマグマが冷えて固まり、長い時間のなかで地面が削られて出現した、岩の塊だそうだ。

「アメリカ民俗学によれば、現地の先住民たちはその崇高な岩石について、一つの伝承を語り継いでいた」

昔、その土地で七人の少女たちが遊んでいた。そこへ狂暴な熊が現れて、彼女たちに襲い掛かる。

七人の少女たちはそばにあった低い岩に手を当てて『わたしたちをお助け下さい』と祈

りを捧《ささ》げた。するとその岩は天高く伸び始め、彼女たちを救ってくれたという。熊はついに諦《あきら》め、その岩の下を住処《すみか》とした。

先住民たちはこの岩石のことを『熊の住処《マトー・ティピラ》』と呼び、神聖な守り神として崇《あが》めていたという。

「しかし時は流れ、土地に白人の冒険家がやってきた。彼は岩石の異様さに圧倒され、それを『悪魔の塔《デビルスタワー》』と名づけた。今日では先住民たちの『熊の住処』よりも『悪魔の塔』の名の方が世界に知れ渡っている。神聖な守り神が時の流れのなかで邪悪な悪魔の名を冠するに至ったのだ。もしもその岩石に意志が宿っているとしたら、人間たちの変容をどう思っただろうな？」

青い瞳《ひとみ》が沙雪さんの方へ向く。

「確認だ。キャンパス内の噂では『夢喰《ゆめく》いの古椿《ふるつばき》』は悪夢をみせて、人間を喰らうのだったな？」

「あっ、はい、そうです。あたしが調べたところだと、学生たちの間ではそう語られていました」

なんとなく教授の意図がわかった気がした。

と思った瞬間、教授が今度はこっちを向く。

「推論は組み上がった。次は検証だ。理緒、こっちにこい」

いつもの命令口調。慣れているはずなのに、なぜかいつも以上に拒否感が胸に湧く。まだしっかりとは思い出せないけれど、さっきの夢のせいのような気がした。

「理緒、早くしろ」

「は、はい」

急《せ》かされて、おずおずとそばにいく。教授が沙雪さんにも何か言い、トートバッグからクッキーが取り出された。

「これを古椿に与えてやれ。神社仏閣へ奉納するように丁重にだ」

「そうしたら何が起こるんですか？」

「何か起こるかもしれないし、何も起こらないかもしれん。その時はまた推論を重ねるだけだ」

「……そんな実験みたいな扱い、普通に嫌なんですが」

しかし、なんとなくすぐに会話を打ち切りたくて、しぶしぶながら受け取った。クッキーを包みから取り出し、包装紙をお皿代わりにして古椿の根元に置く。氷のひんやりした空気に戸惑いつつ、神社仏閣のようにと言われたので、手を合わせてみた。

古椿がキャンドルによって活性化する寸前、確かに声を聞いた気がするし、ウールの時の例もある。この古椿もひょっとしたら何か事情を抱えているのかもしれない。

そう思い、心のなかで呼びかけてみた。

僕たちに何か伝えたいことがあるんですか……？

するとと古椿の枝が静かに揺れた。また声が聞こえてくる。

「……られたくなかった……」

それはどこか淋《さみ》しそうな声だった。

「……………忘れ……られたく……なかった……っ」

直後、椿の花の香りが漂ってきた。理緒はまた夢へと誘《いざな》われる。しかし今度は悪夢ではない。それはこの土地に根付いた一本の椿の木の記憶だった――。

――古椿が芽吹いたのは血の香る場所だった。

多くの人間が倒れ、朽ちていった合戦場。そのなかで椿は芽吹き、長い時間を掛けて育っていった。

一つの土地を長年見守っていると、凶事も起これば慶事も起こる。人間たちの体が土へと還《かえ》り、誰もが合戦を忘れた頃、別の人間たちがやってきて小さな村を作った。

その頃には椿は毎年、立派な白い花を咲かせていて、人間たちは祝い事がある度、椿を囲んで宴会をした。

村に新しい子供が生まれた時、若い男女が祝言を上げた時、作物が豊作で誰もがお腹《なか》いっぱい食べられるようになった時、椿のまわりには人間たちの笑顔の花が咲いていた。

芽吹いた時に合戦場で人間の血を吸っていたからか、椿は人間に化けることができた。花の香りで幻覚を見せ、そこに椿という名の人間がいるように思わせるのだ。

もちろん村の人間たちに悪さなんてしない。ただ、宴会の賑《にぎ》やかさのなかにそっとまぎれ、皆と一緒に慶事を祝うことが好きだった。ある時は年端もいかない子供に化け、またある時は若い女や老人に化けたりもした。

小さな村なので見知らぬ者がいれば、村人たちはすぐに気づく。しかしあえて知らないフリをして、いつもお菓子や酒を振る舞ってくれた。

そういう心遣いが嬉《うれ》しくて、椿は作物たちに働きかける。おかげで日照りが続いても、この村だけは作物が枯れることなく実を付けるので、まわりの村からも評判になった。

ある時、旅の僧侶《そうりょ》がやってきて、村人から椿の話を聞き、『ああ、それは古椿《ふるつばき》の霊《れい》ですなぁ』と語った。

古い椿に力が宿り、人間に恵みを与えたり、時にはイタズラをしたりする——そんなあやかしを『古椿の霊』というらしい。

村人たちは益々《ますます》ありがたがって、古椿を大切にしてくれた。

しかし時は移ろいゆく。

近くの土地でまた合戦が起こり、村人たちは戦火を避けるため、この土地から出ていってしまった。

とても淋しかった。

だけど古椿には村人たちとの楽しい思い出がある。在りし日々を思い、彼らの幸せを願って、ずっとずっとこの土地に佇《たたず》んでいた。

そして凶事が起これば、慶事もまたやってくる。

時が移り変わるうち、人間たちの子孫がこの土地に戻ってきてくれた。しかし彼らは木々を切り、森を拓《ひら》いていく。

古椿も切り倒されてしまうのかと思い、初めて怒りが込み上げてきた。すでに古椿は長い時を生き、大きな力を宿している。人間たちの血を吸い上げ、屍《しかばね》に変えることくらい造作もない。

だが……結局、そんなことはしなかった。出来なかったのだ。かつての村人たちとの優しい記憶が心のなかに今もあって、それを思うと、人間たちにひどいことなんて出来なかった。

人間たちの手によって終わるのならばそれもいい。

古椿は自分の死を受け入れた。

けれど驚いたことに人間たちは古椿を切り倒しはしなかった。木こり衆のひとりが『こりゃまた立派な椿だなぁ。爺《じい》さまに聞いた、古椿の霊ってのはこいつのことだろうよ』と言って残してくれたのだ。

どうやらかつて村で語られていた『古椿の霊』の話が残っていたらしい。時代を越えて想《おも》いは受け継がれていく。古椿はまた人間のことが好きになった。

土地には町ができ、昔よりももっとたくさんの人間たちが住むようになった。

時には天災があり、時には戦争もあった。年老いた古椿にはもう人間たちを助けてやることは出来なかったけれど、彼らは立派に生き続け、そんな人間たちが古椿は誇らしかった。

しかしどんなものにも終わりはくる。

あやかしとして長い時を生きた古椿だったが、寿命を迎えようとしていた。幹が枯れ、根が腐り、あやかしとしての力も失いつつある。

古椿の立っている場所は今は学《まな》び舎《や》となり、後から植えられた桜によって、並木道になっていた。

なぜ一本だけ椿の木があるのか、もう知っている者はいない。

古椿のそばを通る者すら滅多にいない。

学び舎は創立から八十年程が経《た》っていたが、古椿は自身が誰の目にも留まらないことを不満に感じたことはなかった。

たとえ自分の与《あず》かり知らぬところであっても、人間たちの営みは続いている。そう思うだけで優しく、温かい気持ちになれた。

なのに。

そのはずだったのに。

ついに死が見え始めたところで、ふいに恐ろしくなった。

誰も私のことを知らない。

誰も私の死を気に留めない。

忘れられてしまう。

愛《いと》しい人間たちの記憶から完全に消え去ってしまう。

——忘れられたくない。

そんな気持ちが嵐のように湧き起こってきた。

学生たちが最も活気づく学園祭の日、かつての村の宴会のような日に、古椿は力を振り絞って人間に化けた。

学生がゴミを捨てにいくためにそばを通った時、声を掛ける。

ただ、ほんの少し話をしたかっただけだった。

昔、この土地に『古椿の霊』というあやかしがいた、そんな話を伝えたいだけだった。

けれどほんの少し学生の腕に触れた途端、彼はふらりと倒れてしまった。夢のなかへ沈み込むように眠っている。

化けるために幻覚をみせる力が暴走していた。さらには枝が勝手に伸びていき、学生の体を自分のなかへ取り込もうとし始めた。

寿命を迎え、飢えた体が無意識に人間という養分を求めてしまったのだ。

古椿は自分が恐ろしくなって、大きな幹を震わせた。学生の体が幹から離れ、彼はすぐに目を覚ました。表情に恐怖をありありと浮かべ、一目散に逃げていく。

それからだ。学園祭の日、『夢喰いの古椿』が悪夢をみせて人間を襲うという噂《うわさ》が広がったのは。

哀《かな》しかった。

傷つけたかったわけじゃない。ただ、忘れてほしくなかっただけなのに。

けれども体は時が経つほどに朽ちていき、自我は薄れ、もはや自分が何者だったかもわからなくなっていく。

そうして人間を愛した古椿は、人間を傷つける邪悪なモノに変わってしまった。

毎年、学園祭の日にだけ、古椿だったモノは目を覚ます。飢えた体はただただ獲物を求め、人間に化けるためだった香りの幻覚は獲物に悪夢をみせるようになった。

霞《かすみ》がかかったような自我はひどく曖昧《あいまい》で。

もう何を愛《いと》しいと思っていたのかも思い出せない。

もう何を大切にしていたのかもわからない。

ただ一つ、記憶の奥底に残った想いは。

忘れられたくない。

それだけだった——。


——夢から醒《さ》め、瞼《まぶた》を開くと、理緒はぽつりと言葉をこぼした。

「こんなにも人間のことを想ってくれてたなんて……」

「理緒？」

教授に呼びかけられ、振り向く。

「この古椿は邪悪なモノじゃありません。教授の推測通りでした。『悪魔の塔』が『熊の住処』だったように、『夢喰いの古椿』は——優しい『古椿の霊』だったんです」

直後、強い風が吹き、白い椿の花が一斉に舞った。

吹雪のような景色のなか、甘い香りが辺りを包み、理緒の目の前に現れたのは——薄緑色に光る、人と木々の中間のような精霊の姿。

これがきっと『古椿の霊』の本当の姿なのだろう。

氷室教授が「ほう」とつぶやき、沙雪さんと広瀬さんも目を丸くしている。

古椿は哀しそうに首《こうべ》を垂れた。

「……ごめんなさい……わたしはあなたに……とても怖い夢を……」

「いいんです」

理緒は静かに首を振った。

「それよりも……淋しい思いをさせてごめんなさい。あなたが見守ってくれていたことに僕たちはずっと気づけませんでした」

「……いいのです……」

オウム返しのように言い、古椿の目元から何かがふわり、ふわりと舞っていく。それは白い花びら。きっと人間の涙と同じものだろう。

「もういいのです。わたしは見返りを求めていたわけじゃない。ただあなたたちが、人間たちが幸福であるならそれでよかった……。それが本来のわたしだった」

薄緑色に光る手のひらが上がり、そっと理緒の頬を包み込む。

「……人の子よ、ありがとう。本当のわたしを見つけてくれて。もう終わることも怖くない。これで安らかに枯れていける……」

理緒の表情が強張《こわば》る。

助けられないのだろうか。こんなにも長い間、人間たちのことを想ってくれていた、椿の木を。しかし問うより先に、教授が静かに答えを告げた。

「古椿の寿命はとうに尽きている。これ以上、無理に生きようとすれば、それこそ人間を喰らうような邪悪なモノに成り果てるだろう。天命を全うさせてやるがいい。それが唯一の救いの道だ」

唇を噛《か》み締《し》めた。

本当はわかっていた。できることはもう安らかに見送ってあげることだけだと。

だったら最後に何を言ってあげられるだろう。

必死に考えて、考えて、考えて……理緒は言葉を紡ぐ。

「忘れません」

真《ま》っ直《す》ぐに見つめて告げた。

「あなたのことは僕がずっと忘れませんから……っ」

笑みの気配がした。

白い花びらがまたふわり、ふわりとこぼれていく。

「優しい子、あなたはとても優しい子……。あなたのような子がいるから、わたしは人間が好きだった……」

頬を撫《な》でられる。

「どうかあなたが幸せでありますように……」

古椿の体が消えていく。薄緑色の光が泡のように揺らぎ、言葉もたどたどしくなってきた。

「……ありガトウ……ワタシハ……」

花が咲くような満面の笑みの気配があった。

「……ワスレ……ナイ……アナタヲ……ワスレナイ……」

そうして『古椿の霊』は泡が弾《はじ》けるように消え去った。光の粒が花びらの如《ごと》く舞い、風に吹かれて消えていく。

「ああ……」

空を見上げて、理緒は吐息をこぼした。

これで良かったのでしょうか……。

本当はもっと出来ることがあったんじゃないだろうか。様々な思いが胸に降り積もっていく。すると氷室教授が静かに言った。

「古椿は最後になんと言っていた？」

「……忘れない、って言ってました」

「だとすれば、誇れ。お前は誇らなくてはいけない。お前との出逢《であ》いは古椿にとって、これ以上ない救いだったということだからな」

慰めるようにくしゃっと髪を撫でられた。

「『忘れられたくない』と願っていた古椿が、最後は逆に『忘れない』と言って天に還《かえ》った。こんなに幸福なことはないだろう。違うか？」

そうかもしれない。そう思っていいのかもしれない。

もう一度見上げると、すべての花が散っていて、古椿は枯れ枝だけの姿になっていた。

けれど風のなかにはまだあの微笑《ほほえ》みの気配が残っている。

理緒は空を見上げて囁《ささや》いた。

「僕も忘れません。ずっと覚えていますから……」


こうして『夢喰いの古椿』の事件は幕を下ろした。

理緒は教授を呼んでくれた広瀬さんにお礼を言い、沙雪さんからは「あたしが氷室教授に黙って勝手なことしたせいでごめんなさい……っ」と泣きながら謝られて困ってしまった。

だがとりあえず一件落着だ。ほっとしながら皆で並木道を戻っていく。しかしどうにも引っ掛かることがあった。

「古椿の力でみた、あの悪夢……」

ずっと霞がかかっていた、鬼の姿を思い出すことができた。

だが同時にひどく不可解なものもみた気がする。

なんでしたっけ？　確かに何かをみた気がするんです。あれは、そう……。

考えながら歩いていると、前方で氷室教授が広瀬さんに話しかけていた。

「佑真、話がある。このまま研究室にこい」

「？　俺に用なんて珍しいですね。わかりました」

そんなやり取りをしている氷室教授の横顔を見ていて——ドクンッと唐突に心臓が鳴った。

……ああ、そうだ。思い出しました。

あの悪夢のなか、『ガラスの階段』の二階フロアで理緒の胸を引き裂いたのは、鬼ではなかった。あれは——氷室教授だった。

「理緒くん？　どうしたの、なんだか顔色が悪いよ？」

隣を歩く沙雪さんがこちらの様子に気づき、顔を覗《のぞ》き込んでくる。

しかし返事をする余裕はなかった。わからなかった。あれは古椿が見せた、ただの幻なのだろうか。

そうとしか思えないけれど古椿の悪夢は最も恐怖した時のことをみせるもの。だとすれば、あれは現実にあった出来事ということになる。

鬼のことすら今日まで忘れていた身だ。何が事実で、何が夢なのか、まったく判断がつかない。

そんななか、理緒をさらに混乱に突き落とす事件が起きた。

学園祭の訪れと共に、学生たちが次々に倒れるという異変。それはまだ終わっていなかったのだ。

次の日、広瀬さんが――倒れた。

第四章　霧の峰にて想いは還る

その事態を理緒《りお》が知ったのは古椿の一件の翌日、大学にきてからだった。

キャンパス内は本格的な準備期間に入っていて今日も講義はない。

本来ならば来る必要はないのだが、古椿の夢のなかで氷室《ひむろ》教授の姿をみてからというもの、どうしても落ち着かず、家にいてもふとした時に考え込んでしまうので、大学の敷地《しきち》内を散策しにきていた。

正門前の看板の下をくぐり、メイン通りにやってきて、着々と形になっていく屋台の群を眺めて歩く。

その途中、『霧峰《きりみね》祭名物・大盛り焼きそば』と銘打った屋台が野球部のものだと気づいた。野球部と言えば広瀬《ひろせ》さんが在籍しているサークルだ。

昨日お世話になったばかりなので挨拶《あいさつ》していこうかなとチラチラ覗《み》ていると、部員たちの声が聞こえてきた。

「なあなあ、広瀬さん、倒れたんだって?」

え、と息をのんだ。

部員たちは段ボールからソフト麺《めん》を出しながら話し続ける。

「そうそう、今朝ここにくる途中だよ。なんか貧血で運ばれたらしいぜ」

「あの人が貧血って柄か？」

「おかしいよな。もしかして例のアレじゃないかって先輩たちは話してる」

「例のアレ？……って、ああ、『吸血鬼に襲われた』って噂《うわさ》か」

その一言を聞いた途端、声が出てしまった。

「きゅ、吸血鬼に襲われた……!?」

部員たちが怪訝《けげん》な目でこちらを見る。

「なんスか？　ウチの屋台になんか用でも？」

「あ、もしかして学生課の人!?　大丈夫ですよ、ちょっと無駄話してましたけど、ちゃんと衛生チェックの通りにやってますから！　ほら！」

食材はしっかり管理している、という意味なのだろう。目の前に出されたのは、網袋に入った大量のニンニク。お品書きを見ると、ニンニク入りの焼きそばも販売するらしい。

しかしそれはもろにハーフヴァンパイアの弱点だ。匂いを嗅《か》いだ瞬間、冗談みたいな量の涙が溢《あふ》れてきた。

眼前の部員たちがぎょっとする。

「は？　え、泣いてる？」

「なにこいつ、キモい……」

「な、なんでもないんですっ。すみませんでしたーっ！」

目頭を押さえ、慌てて屋台の前から逃げ出した。

人目に触れない校舎裏までいき、ハンカチを出して目元を必死にぬぐう。久々にどんよりと落ち込んだ。

「キモいって言われました。キモいって言われました。ああもう、これだからハーフヴァンパイアは嫌なんです……」

校舎の壁にもたれかかり、はぁとため息。しかし落ち込んではいられない。

……広瀬さんが倒れた。

まさか昨日の今日でそんなことが起きていたなんて。混乱しそうになる頭を必死に自制する。何があったのだろう。部員たちは『今朝ここにくる途中で運ばれた』と言っていたから、大学の敷地内で倒れたならば医務室に運ばれたはずだ。

ハンカチをポケットにしまい、とにかく歩きだす。しかしいざ教員棟の医務室にやってくると、看護師から返ってきたのは『その学生ならもう家に帰した』という簡素な言葉だった。

「とりあえず命に別状はないってことですよね……」

十分後、医務室から学食に移動した理緒は、不安のにじむ声でつぶやいた。

目の前のテーブルにはとりあえず買ったコーヒー牛乳。学園祭の準備期間なので、学生たちはほぼ外にいて、学食のなかは閑散としている。

そのなかでひとり、理緒は切羽詰まった表情で考え込む。

医務室で確認した今でも広瀬さんが倒れたなんて信じられない。昨日、元気な姿を見たばかりだし、野球部の人たちが柄じゃないと言っていた通り、広瀬さんは貧血なんてものからは無縁なイメージだった。

貧血。それは昨日、古椿のところにいく前に沙雪さんが言っていた『倒れた学生たちの特徴』と同じだ。まさか……。

「事件はまだ終わってなかった……？」

しかし学生たちに悪夢をみせて喰《く》らうと言われていた古椿はもう枯れた。本来なら学生たちが倒れるような事件はもう起きないはずである。

「でも、現実に広瀬さんは……」

となれば、可能性は一つだけ。

この騒ぎはそもそも──古椿が起こしたものではなかった。

違和感は最初からあった。古椿の『悪夢をみせる』という力に対して、学生たちの『貧血で倒れる』という症状が合致しない。沙雪《さゆき》さんにも言ったが、力と結果がズレている。

「けど犯人が古椿じゃないとしたら……」

それは一体、何者なのか。

理緒は椅子の上で身じろぎし、見るともなく虚空を見つめる。

野球部員たちは聞き流せないような噂を口にしていた。もちろんそれだけで確固たることは言えない。言えるわけがない。なのに……古椿の夢がどうしても心に引っ掛かってしまう。

古椿の一件の時、広瀬さんはお守りの組紐《くみひも》のことを教えてくれた。いつも右手につけている組紐は知り合いの妖狐《ようこ》からもらったもので、それがあれば悪いものは寄ってこないのだという。

もしもなんらかの『人ならざるモノ』が学生たちに悪さをしているのだとしても、お守りの組紐がある限り、広瀬さんは襲われないはずなのだ。

「だけど……」

昨日、理緒は見てしまった。古椿のもとから帰る途中、教授が広瀬さんを研究室に呼んでいたのを。

たとえばもしもあの時、教授が言葉巧みに組紐を取り上げでもしていたとしたら……。

「…………」

不安が嫌な想像ばかりを掻《か》き立《た》てた。

学食の外からは学園祭の準備をしている学生たちの喧騒《けんそう》が聞こえてくる。それがひどく遠く感じた。まるで世界から取り残されたような気分だ。

「僕はどうすれば……」

まさか教授本人に直接尋ねるわけにもいかない。

思考が袋小路《ふくろこうじ》に入り、迷いばかりが胸に溢れる。しかしその時、ふいに場違いに明るい声が響いてきた。

「おーっ、理緒いたーっ！　お前なら絶対いてくれると思ったぜ。心の友よーっ！」

「へっ!?　リュ……かぁ!?」

チャラい人狼《じんろう》が涙ながらに抱き着いてきた。そのまま椅子から転げ落ちそうになって、どうにか踏ん張る。

「ちょ、ちょっとちょっとなんなんですか、どうしたって言うんです!?」

「俺にはお前しか頼れる奴がいないんだ！」

「なんか……あまりいい予感がしないんですが」

ぱっと離れたかと思うと、リュカが両手を合わせて拝んできた。

「頼む！」

てへぺろ、と舌を出して。

「昼飯代貸して？　学園祭の準備に浮かれてて財布忘れちった」

「またですかぁ……」

条件反射でため息。というのもリュカがこうしてたかってくるのは初めてじゃない。

「こないだも五百円貸したばかりですよね？」

「それはもう返したじゃん？　だからノーカンノーカン」

「リュカって僕より上の三年生じゃなかったでしたっけ？」

「堅いこと言うなって。友情に歳《とし》なんて関係ないっしょ！」

「それ、貸す側が言えば聞こえがいいですけど、借りる人が言ったらダメですよね？」

とは言いつつ、お昼抜きは可哀想《かわいそう》なので見捨てることもできない。わざと大げさにため息をついて、お財布から五百円玉を取り出した。

「今後は気をつけて下さいね？」

「ははぁ、ありがたき幸せーっ！」

宝物を受け取る家臣のように、リュカは恭しく五百円玉を受け取った。

そしてチラリとテーブルの上を見る。

「でぃす、いず、コーヒー牛乳？」

「はいはい……お好きにどうぞ」

「ラッキー！　朝から汗だくで働いてるのに財布ないからなんも飲んでなくてさ。助かったぜー！」

隣に座ってご機嫌でコーヒー牛乳を飲み始める。

しょうがない人ですね、と理緒は苦笑。本当にこれではどっちが一年生かわかったものじゃない。ただ、おかげで少し気持ちが軽くなった。

肩の力を抜いてリュカへと尋ねる。

「リュカはどこのサークルに所属してるんですか？」

「ん？　あー、俺はとくに一つのサークルには入ってないんだ。縛られないのがこのリュカ君のいいところだしな？」

「いや、キメ顔されても意味がよくわかりませんけど」

「普段から色んなとこに顔出してんだよ。フットサルだろ、バーベキュー部だろ、料理研究会だろ、落研にテニスサークルに新聞部に、あと漫研もたまに顔出すなぁ」

指折り数えるリュカを見ていて、さすがに呆《あき》れてしまった。

「そんなに色々やってて身が保《も》ちます……？」

「だからたまーに顔出す感じで渡り歩いてんのさ。ほら、手広くやって色んな奴らに会えると楽しいだろ？」

「…………」

その考え方は少し……いやとても羨《うらや》ましかった。

「リュカ、聞いてもいいですか？　人狼は……何か弱点とかないんですか？」

「なっ!?　まさか俺の弱点を把握して、二度と金を貸してくれないつもりなのか!?　そりゃないぜ、勘弁してくれよーっ⁉」

「いや弱点を把握されなくてもお金のことはしっかりして下さい。そうじゃなくて」

椅子の上でまた身じろぎし、学食のなかに他の学生がいないことを確認してつぶやく。

「ハーフヴァンパイアは弱点だらけなので……。日光に長く当たってると寝そうになっちゃいますし、気を抜くと鏡に映らなくなるし、ニンニクの匂いで涙が止まらなくなりますし、とてもじゃないけど普通の学生たちと深く交流することができなくて……」

「あー、そういうことか」

ちゅー、とストローからコーヒー牛乳を啜《すす》ってリュカは頷《うなず》く。

「確かに俺の弱点は銀の銃弾ぐらいだしなぁ。銃弾じゃなきゃこうしてシルバーのアクセもつけられるし」

そこかしこにつけたアクセサリーをジャラジャラと鳴らす。

「うわっ、気をつけて下さいっ。銀製品は僕が危険です！」

ハーフヴァンパイアは銀に触れると蕁麻疹《じんましん》が出てしまう。これも大きな弱点の一つだ。

「あ、わりぃわりぃ。けどさ、理緒」

椅子に深く背中を預けて、リュカは言う。

「あんま気にしなくてよくね？」

「え？」

「弱点なんて気にせず飛び込んじゃえよ。そしたらどうにかなるもんだって」

「いえ、そんなわけには……」

言《い》い淀《よど》み、俯《うつむ》いた。

「今の僕はみんなと違います。このままじゃ人の輪のなかには入っていけませんよ」

「んー、それってこの国特有の感覚だと思うんだよな」

ちゅー、とリュカはまたコーヒー牛乳を啜る。

「ほれ、俺ってヨーロッパの出身だろ？　あっちでも色んな人間たちを見てきたけど、向こうの奴らってどいつもこいつもてんでバラバラなんだよ。人種ってやつ？　教授の得意な海外民俗学じゃねえけど、海の向こうじゃ違いがあるのが当たり前なんだぜ。氷室ゼミだって、人狼やらヴァンパイアやら雪女やら人間やらでバラバラだしな。理緒は気にし過ぎなんだよ。ちょっと違うぐらい、どうにでもなるって」

いや半分ヴァンパイアなことはちょっと違う程度のことではないと思いますけど。

と言うより先にリュカが肩に肘《ひじ》を乗せてきた。

「学園祭が始まったらさ、一緒に色んなサークル見てまわろうぜ。そんで俺がみんなに理緒のこと紹介してやるよ」

「……えっ」

それはとても魅力的な誘いに思えた。

「だ、だけど鏡に半透明で映ってるところとか見られたら大変ですし……」

「そん時は俺がフォローしてやるって。任せとけよ、親友」

「し、親友？」

「おいおい、俺の初恋を最後まで見守ってくれたのはどこのどいつだ？　こんなんもう親友に決まってるっしょ」

「そうかも……ですね」

なんだか無性に嬉《うれ》しかった。だが同時に一抹の哀《かな》しさも湧いてくる。

本当ならリュカと学園祭をまわるのは秋本美香《あきもとみか》さんだったはずだ。けれど彼女は鬼籍と共に去ってしまい、もう一緒に学園祭をまわることは叶《かな》わない。

……あ。

ふと気づいた。リュカと秋本さんは様々な違いを越えて、あの時、確かに気持ちが通じ合っていた。リュカが言っているのはそういうことなのだろう。

理緒もハーフヴァンパイアだし、鏡には半透明で映ってしまうこともあるけれど、誰かと仲良くなれるかどうかは、それとはきっと別の話なのだ。

「……リュカはすごいですね」

「ふっ、今さらこのリュカ君のすごさに気づいたか。感動したならもう一個コーヒー牛乳を恵んでくれてもいいぜ？　もしくはイチゴ牛乳でも可」

「はいはい、調子に乗らないで下さい」

ドヤ顔のリュカの言葉を受け流し、理緒は頭を下げる。

「お願いできますか？　僕も……もっと多くの人と関わりたいです。リュカみたいに」

「任せろ。友達百人だって夢じゃねえぞ？」

頼もしい笑顔だった。

学園祭が始まるのが楽しみになってきた。リュカはきっと言葉通り一緒にまわって、色んな人を紹介してくれるだろう。いつか願った、穏やかな日常に近づいてきた気がする。

でも、それなら……。

答えを出さなければいけない問題がある。

「あの、リュカ。氷室教授のことなんですが……」

「けど今年はみんな張り切りすぎだよなー。広瀬も朝、貧血でぶっ倒れたっていうし、今もそこでダンスサークルの奴が運ばれてたし、生き急ぎ過ぎだぜ」

「――っ」

反射的に椅子から立ち上がった。

「んん？　どうした、理緒？」

「どこですか!?」

「へ？」

「そのダンスサークルの人はどこで倒れたんですか!?」

「な、七号館の前の屋台だけど……それがどうかしたんか？」

「ちょっといってきます！」

脇目も振らずに駆け出した。

やっぱり古椿じゃなかった。この騒ぎを起こしている犯人は他にいるのだ。それが誰であっても、今すぐ現場にいけば何か手掛かりを摑《つか》めるかもしれない。

理緒は学食を飛び出し、白く高い建物――七号館の前にやってきた。見れば、入口辺りに野次馬のような人だかりができている。

見知らぬ人に話しかけるのは勇気が必要だったが、勢い任せで尋ねた。

「何かあったんですか？」

「ああ、ダンスサークルの人が倒れたらしいよ」

男子学生が振り向いて答えてくれた。

「また貧血だってさ。しかも……」

ダンスサークルの人たちに気を遣ってか、微妙な小声で男子学生は言った。

「首筋に嚙《か》まれたような傷があったって。倒れた本人も『吸血鬼にやられた』って言ってたらしいよ。最近流れてる噂《うわさ》知ってる？　あれってひょっとしたらマジかもね」

「……っ！」

また吸血鬼。

しかも首筋に噛まれたような傷というのは初めて聞く情報だった。

パズルのピースが嵌《は》まっていくような感覚に唇を噛み締める。

「場所は……ダンスサークルの人が倒れた場所はわかりませんか？」

「そこの路地だよ。八号館との間のところ。狭くて滅多に誰も通らないところだけど、学生課の段ボール置き場に出られるからショートカットしたんじゃないかな」

「ありがとうございます！」

お礼を言ってすぐに駆けだした。

七号館と八号館は隣接していて、その間は細い抜け道になっている。壁のパイプが邪魔なので普通はあまり行き来はしない。つまりキャンパス内の死角になっているような場所だった。

理緒は恐る恐る路地へと入っていく。

二つの大きな建物によって日陰が生まれ、辺りはひどく薄暗い。お祭り前の空気が遠のいていき、踏み入ってはいけない場所へ近づいているような気がしてきた。

今も犯人がいるという保証はない。状況からすれば、もう立ち去っている可能性の方が高いはずだ。

それでもこの独特な嫌な感じには覚えがあった。人間とは違うものが存在している時の空気感とでもいうのだろうか。――いる、という確信があった。

息を潜めながら進み、視線の先で路地は直角に折れ曲がっていた。一瞬、怖気《おじけ》づきそうになったが、もしも邪悪なモノがいたとしても、いざとなればハーフヴァンパイアの力がある。覚悟を決めて角を曲がり、そして――絶句した。

「理緒？　こんなところで何をしている？」

「氷室教授……!?」

今この場で、一番いて欲しくない人が立っていた。

いつもの高級そうなスーツ姿。ブロンドの髪はこの薄暗さのなかでも輝きを失わず、青い瞳《ひとみ》は理知的な光を放っている。氷室教授だ。

唯一、いつもと違うところがあるとすれば、なぜか白い手袋をつけていること。ちょうど外そうとしていたところらしく、するりと指を抜いてポケットへしまう。

何を言えばいいかわからず、理緒は目にした物のことをそのまま尋ねる。

「て、手袋なんて珍しいですね……」

「ん？　ああ、なんのことはない。これは『宝石光のランタン』やキャンドルと同じ、私が調査をする時の道具だ」

「そ、そうですか。それは……どんな道具なんですか？」

ピクッと一瞬、教授の眉《まゆ》が上がった気がした。

「お前には関係ない」

まるで突き放すような冷たい言葉だった。

思わずたじろぎそうになる。しかしどうにか踏ん張った。

「調査ってなんの調査をしてるんです？」

青い瞳がすっと細くなり、射るような鋭い視線に睨《にら》まれる。

「今、学生たちが次々と倒れる事件が起きている。沙雪はそれを『夢喰《ゆめく》いの古椿《ふるつばき》』の仕業だと考えていたようだが、真実は違う。あの古椿にはもはや人を襲うような力は残っていなかった。昨日、お前を夢に惑わせたことも、たまたまキャンドルによって活性化したことが原因だからな」

やっぱり、と心のなかで納得した。

「……僕も今回のことは古椿じゃなかったのかもしれないって思っていました」

「ほう？」

「教授はその犯人を捜してるんですか？」

「……そうだ。見ればわかるだろう？」

返事をするまでに変な間があった。

心臓の鼓動が速くなっていく。緊張で背中に冷たい汗が流れ始めた。

「教授は犯人捜しのために調査をしてるんですよね？」

「そうだと言ったはずだぞ？」

「じゃあ……」

痛いほどに脈打つ胸を押さえる。そして尋ねた。

「どうして僕を同行させてないんですか？　いつもは嫌だって言っても無理やり連れていくのに、なんで今回だけは教授ひとりで調査してるんです？」

緊張が不安に拍車を掛け、声が大きくなった。

「本当は教授はここで何をしてたんですか……っ」

「…………」

また間があった。いつも教授は打てば響くように会話をするのに、こんなことは初めてだった。

静寂が薄暗い路地を包む。

沈黙の空気が耳に痛い。

無表情で教授が口を開く。

「質問の内容が不明瞭《ふめいりょう》だな。疑問があるのならば、何を問いたいのかを明確に伝えることだ。もう一度チャンスをやろう。お前が問いたいことを言ってみるがいい」

「……っ」

勇気を振り絞って聞いたのに何も伝わってない。

不安よりも焦りが増してきて、破れかぶれになってしまう。

「きょ、教授は……っ」

駄目だ、気持ちが暴走してる。そうわかっているのに止められない。

「『髪絡みの森』で僕に自分は家族だと、だから孤独だと思うなって言ってくれました。僕はあの時、すごく戸惑って、混乱して、でも心のどこかで……嬉しかったんです」

「それは良《い》いことだろう？」

「違います！」

掠《かす》れた声が路地裏に響く。

「か、家族って言葉はそんな簡単に口にできるものじゃありません……！　友達や親友って言葉すらあんなに尊いものなのに、家族だと言うなら尚更《なおさら》です！　それでも教授が僕を眷属《けんぞく》扱いして家族だって言うなら……ちゃんと教えて下さい。教授は僕に黙っていることがあります！」

心の隅でずっと気になっていたことがある。でもできるだけ考えないようにしていた。それはきっと一番最初に考えなければいけないことだったはずなのに。

「教授は……」

震えながら尋ねる。

はっきりと、明確に。

「人間の血を吸うんですよね？　ヴァンパイアだから生きるために人間の血を必要とするんですよね……？」

氷室教授は理緒の作った料理を食べる。しかしそれはあくまで嗜好品《しこう》として。人間と同じような食べ物を摂取しても教授の生きる糧になりはしない。

ハーフヴァンパイアにした時、教授は理緒の血を吸ったという。

だがそれは一か月以上前のこと。

ヴァンパイアがどれくらいの頻度で糧を必要とするのかはわからないが、少なくとも出逢《であ》ってからこれまでの間、理緒は教授が人間の血を飲んでいるところを見たことがない。

人間であれば一月以上何も食べなければ死んでしまう。

教授が飢えていない保証など、どこにもなかった。

だとすればもしかして……、という思いが理緒の胸には渦巻いている。

「何かと思えば、お前が問いたいのはそんなことか」

呆《あき》れたような吐息。そして答えが突きつけられた。

「当然だ。ヴァンパイアである以上、私は人間の血を糧とする」

覚悟していたはずの言葉なのに、呼吸が止まりそうになった。

だがさらに言葉は続く。指先はこちらを指し示して。

「そしてそれは理緒、お前もだ」

「──っ！　僕も……⁉」

　足元がガラガラと崩れていくような感覚に眩暈《めまい》がした。

「何を驚いている？　お前はハーフヴァンパイア。力の恩恵を受け、弱点を踏襲している以上、ヴァンパイアの本能もまた継承している。今はまだ人間の面が強く、食物によって体を維持できているだろうが、ヴァンパイアの力を使い続けるうち、いずれは血を欲するようになるだろう」

「そんな……っ！」

　悲鳴じみた声がこぼれた。

「ヴァンパイアの力を使うと、人間の血が欲しくなるようになるって言うんですか⁉　そんなの聞いてませんよ⁉」

「聞くまでもないことだろう。ヴァンパイアの特性が出ている時点でわかることだ」

「……っ、だったらどうして僕にヴァンパイアの力を使わせたんです⁉　ウールの時も『ブックカース』の時も教授がけしかけなければ力を使う必要なんてありませんでした！」

「だから言っているだろう。──お前は私の家族だ、と」

「……っ」

　ぞくっと背筋に冷たいものが走った。

尊大で、自分勝手で、でも命の恩人だと思っていた。孤独だと思うな、と言ってくれたことも戸惑ったけど本当は嬉《うれ》しかった。

でも違う。この人は完全に違う価値観のなかで生きている。

……リュカ、ごめんなさい。

やはり違うものは違う。輪のなかに入れない、入ってはいけない者はいるのだ。

「僕は……」

本当は心の隅でずっと気になっていた。

教授が血を吸うのかということ以上に、心配なことだった。でもできるだけ考えないようにしていた。それはきっと一番最初に考えなければいけないことだったはずなのに。

この一か月、理緒は血を吸いたいと思ったことはない。

だがこのままではいずれその時がきてしまう。

なぜならば神崎《かんざき》理緒はハーフヴァンパイアだから。でもそんなのは絶対に嫌だ。

「僕は人間です！　血なんて絶対に求めません！」

「不可能だ」

ひどく冷たい眼差《まなざ》しで一瞥《いちべつ》し、教授は背を向ける。

「ヴァンパイアが人間の血を求めるのは摂理だ。これだけは何者も覆すことはできない。たとえこの私であってもな……」

話は終わりだ、と言外に告げ、教授は去っていく。その背中を見つめ、理緒は泣きそうな顔で唇を噛《か》み締めた。心のなかで叫ぶ。

だからって学生を襲っていい理由にはなりませんよ……っ。

犯人はわかった。わかってしまった。神崎理緒は決断を迫られる。


時刻は夕方近くになっていた。

六畳間の理緒のアパートは相変わらず物が少ない。テーブル代わりのちゃぶ台が部屋の真ん中に置かれ、壁際の小さな本棚の前ではウールがうたた寝をしている。

今日は大学の講義がなく、理緒が朝から氷室教授のマンションに起こしにいくこともなかったので、ウールはずっとここでのんびり日光浴をしていた。そんな穏やかな眠りを脅かすように、強めに扉が開かれた。

理緒が慌ただしく帰ってきて、ウールはビクッと目を覚ます。

「ただいま帰りました……っ」

「な、なんだぁ？　そんなにたくさん荷物抱えて、パーティーでも始めるのか？」

理緒はホームセンターやスーパーの袋を山ほど抱えていた。目を丸くするウールの眼前に座り、それらを床に置いていく。

「パーティーみたいな楽しげなものだったら良かったんですけど」

理緒の瞳《ひとみ》からは冗談のように涙が流れ出していた。それを見て「り、りお⁉」とウールが駆け寄ってくる。

「どうしたんだ⁉　泣いてんのか⁉　お腹痛《なか》いのか⁉　イタイのイタイの飛んでけしてやろうか⁉」

「ああ、いえ、大丈夫です。これはニンニクのせいなので。ハーフヴァンパイアの弱点が出ちゃってるだけなんです」

「へ？　ニンニク？」

「はい、事情があって弱点を我慢してでも道具を揃《そろ》えなきゃいけなくて」

どさっと置いたビニール袋からニンニクがこぼれ落ちた。他の紙袋には日曜大工で使うような大きな杭《くい》が入っていて、リュカ御用達《ごようたし》のショップで買ってきたシルバーのアクセサリーも別の袋に入っている。

他には細長い銀色のステンレスの板が二枚、これも個別の袋に入れてある。

「ウールにちょっとお願いしてもいいでしょうか？　このステンレスの板を組み合わせて十字架を作ってほしいんです。ウールの小さな体じゃ作りにくいと思うんですが、銀の十字架だけは弱点が強く出て、僕は頭痛で動けなくなってしまうので……」

「十字架？　それくらい、りおのためなら、いくらでもやってやるけど、なんでそんな物いるんだ？　吸血鬼でも倒しにいくのか？」

ウールの口調は冗談めかしたものだった。しかし対照的に理緒は沈痛な表情で頷《うなず》いた。

「そういうことにもなるかもしれません……」

一瞬、驚いたような気配。

しかし小さな前脚がゆっくりと膝《ひざ》に触れてくる。

「もしかして……ひむろの奴か？　吸血鬼なんてあいつしかいないもんな」

すぐには返事ができなかった。

するとウールは膝をよじ登ってきて、こちらの胸に収まった。条件反射で抱き締めた腕のなかから、しっかりとした声が響く。

「話してくれ。りおの言う事情ってやつ。ちゃんと聞いてやる」

「ウール……」

胸が締め付けられるほどありがたかった。親友と言ってくれたリュカにすら話すことはできないと思っていたことだったから。

もこもこの体を抱き締めて心を落ち着け、ゆっくりと語り始める。

今、大学のなかで学生たちが突然倒れるという騒ぎが起きていること。

お世話になった広瀬さんも巻き込まれてしまったらしいこと。

最初は古椿が犯人だと思っていたけれど、すでにその事件は解決しているので、真犯人がいるはずだということ。

倒れた学生たちには貧血の症状があり、首筋に噛まれたような跡があって、『吸血鬼に襲われた』という噂《うわさ》が流れていること。

そして――氷室教授から直接、血を求めるのは摂理だと断言されてしまったこと。

その他これまでの様々なことを伝えると、ウールは神妙に口を開いた。

「つまり犯人は……ひむろの奴なのか」

「違いますと言える根拠を……僕はすべて失ってしまいました」

教授は人間の記憶をいじることができると言っていた。

今にして思えば、一か月前にこの命を奪おうとしてきた鬼も……実在していないのかもしれない。氷室教授が血を求めて理緒を襲い、鬼という偽りの記憶を植え付けたと考えれば、辻褄《つじつま》が合ってしまう。

さらには古椿の夢がその偽りを剥《は》いで、正しい記憶を呼び起こしたのだとしたら、何もかも説明できてしまう気がした。

信じたいという気持ちはある。

けれど、他ならぬ教授自身に面と向かって断言されてしまった。ヴァンパイアが血を求めるのは摂理、それはたとえ教授であっても覆すことはできない、と。

「……ウール」

小さく名を呼び、囁《ささや》くように言う。

「リュカが……大学の友達が学園祭を一緒にまわろうって言ってくれたんです。一緒に色んなお店をまわって、それで色んな人たちに僕のことを紹介してくれるって……」

涙がこぼれそうになった。それは決してハーフヴァンパイアの弱点のせいではなく。

いつか求めた理想が目の前にある。

リュカの友人たちならば、きっと心優しい人たちに違いない。

だとしたら。

「……僕は守りたいです。優しい人たちの穏やかな日常を」

祈るようにつぶやいた。そして震える唇で告げる。

「だから僕がやらなきゃいけません。氷室教授が間違ったことをしてるのなら、止めるのは――僕の役目です」

だって、半分はあの人と同じだから。この身はハーフヴァンパイアだから。神崎理緒が立ち向かわなきゃいけない。

「そっか……」

小さな前脚が頬に触れた。ウールは嬉しそうに微笑《ほほえ》む。

「りお、おれの他にもちゃんと友達ができたんだな。おれみたいに独りぼっちだったお前が、今、広い世界に飛び出そうとしてるんだな。だったら……」

紡がれるのはひどく優しい言葉。

「おれも手伝うよ。なんたっておれは、お前の最初の友達だからな！」

「……っ、ありがとう」

自然に敬語――他者と距離を取るための癖がほどけていた。それはきっとほんの一瞬のことだけれど、理緒にとっては奇跡のような出来事だった。

そうして理緒とウールは協力して準備を始めた。教授は以前、人間が思いつくような弱点はすべて克服していると言っていたが、その言葉が偽りの可能性だってある。

ニンニクを小分けに袋詰めし、ステンレス板で十字架を作り、シルバーのアクセサリーと杭をセットにして、それら全部をリュックに詰めた。理緒自身、作業中に何度も弱点に反応してしまったが、ウールに手伝ってもらい、夜になる頃にはどうにか準備が整った。

「……ここで待っていてくれてもいいんですよ？　もう十分、手伝ってもらいました」

玄関で靴を履く間際、理緒は胸ポケットにそう言った。小さくなったウールがすぐに返事をしてくる。

「ばか言うなって。むしろ置いていったら泣くぞ、おれは。わんわん泣くぞ？」

「でもウールまで氷室教授の怒りを買ってしまったら……」

「負けた時のことなんて考えんな。一緒にひむろをぎゃふんと言わせて、叱りつけてやろうぜ」

すごく頼もしい言葉だった。きっとウールだって教授のことは怖いはずだ。

暗い森のなか、自分は独りぼっちだと泣いていた、小さな綿毛羊《わたげひつじ》。ウールは決して強い子じゃない。だけど理緒のために強気に背中を押してくれている。その言葉が頼もしくないはずがなかった。

「はい」

今この瞬間も誰かが危険な目に遭っているかもしれない。

スニーカーの紐《ひも》を結び直し、理緒は勢いよく立ち上がる。

「いきましょう、一緒に！」

アパートを出て、まずは教授の高級マンションに向かった。合鍵《あいかぎ》を使い、緊張しながらなかに入ったが、教授の姿はなかった。やはり大学の方にいるのかもしれない。明日《あした》から学園祭が始まるから、退出時間を過ぎてもこっそり残っている学生はいるはずだ。だとすると、それこそ格好の獲物になってしまう。

焦りを滲《にじ》ませながら霧峰大学へ向かうと、思った通りちらほらと電気が点《つ》いていた。見回りの警備の人も今日ばかりはお目こぼしをしているのだろう。

しかしこの広い敷地《しきち》を当てもなく捜しても教授はまず見つからない。同じことを思ったのか、ウールが胸ポケットから尋ねてくる。

「どうやってひむろを見つけるんだ？」

「『宝石光のランタン』を使おうと思います」

夕方にニンニクやアクセサリーを買っている時から教授を捜す方法は考えていた。

あのランタンは『人ならざるモノ』に反応する。ヴァンパイアである教授の足跡もたどれるはずだ。

研究室に向かうと、やはりここにも教授の姿はなく、理緒は勝手知ったるなんとやらで『宝石光のランタン』を見つけだした。暗い研究室のなかでマッチを擦り、ランタンに火を入れた途端、青や緑、紫や黄色という様々な光が生まれた。

「うわ、なんかすげえ反応してないか？」

「あ、これは……」

一瞬戸惑ったが、すぐに理由に思い至る。

「氷室ゼミの先輩たちの残滓《ざんし》に反応してるんだと思います」

ここには理緒が知っているだけでも人狼《じんろう》と雪女がいた。広瀬さんは人間だけど、他の先輩たちはリュカや沙雪さんとはまた違う幻妖《げんよう》のはずだから、その残滓にランタンが反応しているのだろう。

研究室ではランタンが上手《うま》く機能しないとわかり、今度は昼間に学生が倒れた七号館に移動した。

メイン通りの屋台はほぼ完成していて、学園祭の始まりを待つだけとなっている。この辺りには残っている学生もおらず、心置きなくランタンを灯《とも》せた。輝きはすぐに収束し、白い光がまるで道のように輝きだす。

「白の光、これは……」

「なんだ？　白いと何か意味があるのか？」

「僕がこの色を見たのは一度だけ……『ブックカース』の時です」

あの時、教授は白い光に具体的なものはない、と言っていた。ただし続けてこうも言っていた。強いて言うならばヴァンパイア、この白い光は自分が仕掛けた術の残滓《ざんし》にランタンが反応しているのだ、と。つまりは――。

「これは氷室教授の色です」

ランタンが示す光は八号館との間の路地に続いている。昼間に教授と遭遇した時の残滓だろう。

それだけなら良かったが、プラチナのような白い光はもう一本あり、より強い輝きを振りまいて七号館のなかへと続いていた。『髪絡みの森』や『ブックカース』、それに先ほど研究室で見た時よりも光の輝き方は鮮明だった。

きっと時間が経《た》っていないほど残滓があり、光がより強くなるのだろう。つまり教授は昼間に会った後、またここにきて、七号館に入っていったのだ。

「……いくか？」

「いきます」

おそらく光の先に教授がいる。扉に触れると施錠されていなかった。教授が何かしたのか、警備員さんがまだ閉めにきていないのかはわからないが、真っ暗な廊下をランタンの灯《あ》かりを頼りに進んでいく。

壁のあちこちにペーパーフラワーやバルーンの装飾があった。教室を借りているサークルが飾り付けたのだろう。ただ、外と同じく学生たちの気配はない。……と思っていた矢先、ふいに暗がりから声がした。

「……だ……れか……」

「──っ」

足を止める。

「ウール、今の聞こえましたか⁉」

「ああ、聞こえたぞ！　人間の匂いもする。あっちだ！」

ウールが示したのは廊下の奥。明かりがなく、完全に死角になっている場所だった。急いで駆け寄る。

彩られた壁の前に女子学生が倒れていた。周囲には作りかけのペーパーフラワーが落ちている。残って作業をしていたところに何かがあったのだ。

「だ、大丈夫ですか⁉」

「う……」

抱き上げると小さなうめき声がこぼれた。意識が朦朧《もうろう》としているようだ。そして、

「……っ」

理緒は息をのんだ。女子学生の首筋に傷があった。等間隔に二つ、まるで何者かに噛《か》まれたような傷だ。

「りお、これって！」

「はい、おそらくは……」

唇を噛み締める。だが動揺してはいられない。この人を早く助けなければ。医務室はもう閉まっている時間だ。女子学生に呼びかけながらスマホを取り出す。

「すぐに救急車を呼びます！」もう少しの辛抱ですから……っ」

すると女子学生の瞼《まぶた》が薄《う》っすらと開き、か弱い力で腕を掴《つか》まれた。

「……にげ……て……」

「え？」

「化物が……まだ近くに……っ」

その言葉と同時に、突如、ランタンの光が色を変えた。プラチナのような白が様変わりし、廊下を染め上げるのは、血のような赤。理緒がハーフヴァンパイアの力を解放した時、瞳《ひとみ》に灯るものと同じ色。

はっと顔を上げた。すでに光は収束し、廊下の向こうを示している。そして血のような

赤い闇のなかから今、何者かがゆっくりと現れた。

「ひ、氷室教授……？」

　思わず名を口にした。しかし、

「え……!?」

　現れたのは氷室教授ではなかった。頭が認識するより先に、背筋が凍りついた。全身が強張《こわば》り、手足が細かく震えだす。

　赤い闇のなかからやってきたのは、ボロボロの着物をまとった、ミイラのような姿。手足は骨と皮だけのように異様に細く、着物の襟元からは浮き出た胸骨が覗《のぞ》いている。くぼんだ眼窩《がんか》には血のような赤い目だけが爛々《らんらん》と光っていた。

　そして最も目立つのはその額。捩《ね》じれたような大きな角が二本、天を突くように生えている。

　鬼だ。

　あの夜の鬼がそこにいた。

「ひむろじゃない……っ。でもこいつ、すげえヤバい匂いがするぞ!?　りお、どうするんだ!?」

「どうして……っ」

　歯の根が合わず、返事ができない。

混乱がそのまま声となって放たれる。

「どうしてこの鬼がいるんですか!?　教授が記憶をいじってでっち上げた存在かもしれないと思ってたのに、なんで!?　どうして……!?」

教授を追ってきたはずなのに、自分にとってトラウマのような鬼が現れた。ワケがわからない。しかも鬼は徐々に近寄ってくる。

ひたひた、と不気味な足音を立て、長い爪で壁を抉《えぐ》りながら……こっちにくる。

逃げなきゃ、と思った。でも動けない。体が氷づけにされたかのように微動だにできなかった。

「りお！　近づいてくるぞ!?　マズいマズい、この匂いはぜったいマズいって！　なあ、りお!?」

「あ、あ……っ」

思考がまとまらない。動かなきゃと思うのに心も体も言うことを聞かない。

鬼の口が三日月のように裂け、恐ろしい声が発せられる。

「甘き血の香りだ……」

それはあの夜と同じ台詞《せりふ》。胸を引き裂かれた時とまったく同じ言葉だった。

恐怖の限界を越え、ついに理緒は恐慌状態に陥りかけた。しかしその寸前、袖《そで》を引っ張られる。

「……にげ、て……」

首に傷跡のついた女子学生がつぶやく。残った体力を振り絞るように。

「わたしのことは、いいから……っ」

「——っ」

その一言で我に返った。心底、情けないと思った。

「何をやっているんですか、僕は……っ！」

優しい人たちの日常を守りたい。そう願ったはずなのに、土壇場で怖気《おじけ》づいてしまうなんて。

視線の先、鬼は一歩ごとに速度を速め、ついに走り始めていた。竦《すく》み上《あ》がりそうな心を押さえつけ、理緒は声を張り上げる。

「ウール！　しっかり摑まっていて下さい！」

「ど、どうするんだ⁉」

「逃げます！　ハーフヴァンパイアの力を使えば振り切れるはずです！」

「え⁉　でもよぉ……っ」

胸ポケットから困惑した瞳が見上げてくる。

「その力を使ったら、りおはどんどんヴァンパイアになっちゃうんだろ⁉　人間の血を飲みたくなってもいいのか⁉」

「嫌です！」

だけど。

「ここで躊躇《ためら》うような自分はもっと嫌だから！」

力を解放。瞳が深紅に染まり、女子学生を抱き上げて床を蹴《け》る。窓ガラスが加速の勢いで震え、一瞬にして廊下を駆け抜けた。

「わわわ、速《はえ》え！　やっぱすげえな、りお……っ！」

前髪が風に乱れ、理緒が通過する度、壁のペーパーフラワーやバルーンが激しく煽《あお》られる。このまま逃げきれれば、と心底思った。

しかし遥《はる》か後方であざ笑うような声が響いた。剝《む》き出《だ》しの歯をこすり合わせるような恐ろしい笑い声だ。邪悪なモノが動き出す気配がし、ウールが悲鳴を上げる。

「お、追ってくるぞ!?　どんどん近づいてくる！」

「そんな……っ」

ハーフヴァンパイアの力でも振り切れないなんて。背後を見ている余裕はなかった。さらに足に力を込め、角を曲がると同時に近くの教室に飛び込んだ。

女子学生を素早く床に寝かせ、ウールもポケットから出してその隣に座らせる。

「ウール、この人のことをお願いします！」

「へっ!?　り、りおはどうするんだよ!?」

「僕は……あの鬼を引き付けて、いけるところまでいきます！」

「自分を囮《おとり》にするって言うのか!?」

「それぐらいならきっと出来ますから……っ」

震えるな、と自分の手を掴む。

「……ハーフヴァンパイアの僕は、いつか血を求めるようになるのかもしれません。でも今は正真正銘の人間です。人間のために頑張れる、歴《れっき》とした人間です。それを……証明したいんです」

「でもよぉ……っ」

「ここにいて下さい。きっと迎えにきますから！」

「あ、りお……っ！」

拳《こぶし》を握り締め、覚悟を決めて飛び出した。ほぼ同時に鬼が角を曲がってきた。着物が乱れて骨ばった体が覗き、恐ろしい姿がより鮮明になっている。

「く……っ」

怖気づきそうな自分に活を入れ、階段を駆け上がった。

空中通路を通って隣の八号館へ。少しでもウールと女子学生から遠ざけるために、さらに通路を通って中央棟まで一気に走った。鬼はぴったりと後ろについてくる。しかもその距離は徐々に縮まり始めていた。

そして広いフロアに出たところで、はっと気づく。がむしゃらに逃げているつもりだった。なのに、ここは──。

「『ガラスの階段』……っ」

霧峰大学の名所の一つ、『ガラスの階段』──その二階フロア。あの夜と同じ場所にきてしまっていた。宿命めいたものを感じて、足がすくみそうになる。

天窓からは星の光が降り注ぎ、それをガラスが幾重にも反射させていた。惨劇の場所に足を踏み入れることはできず、かといって戻ることもできなくて、ついに足が止まる。

背後からは鬼の叫び声が響いてきた。

「血だ……っ！　甘き血を寄こせ……っ！」

刹那《せつな》、首元に噛みつかれた。鋭い牙《きば》に肌が貫かれる感触。そして痛み。

「ひ……っ」

あの夜、この場所で命を奪われかけた。

古椿の夢のなかでもその悲劇からは逃げられなかった。

一体どんな因果なのか、こうして三度目を迎えてしまった。

鋭い痛みが首元を貫き、少しでも気を緩めれば叫び出してしまいそうなほど、本当は怖くてたまらない。

「だけど……っ！」

今ここで自分が倒れたら、次はウールと女子学生が危険に晒《さら》される。

拳を握り締めた。

「僕は守ると決めたんです！」

鬼を突き飛ばすようにして勢いよく振り返った。

怯《ひる》むな、と自分を鼓舞し、リュックを鬼に向かって投げつけた。鋭い爪によってリュックは一瞬にして引き裂かれ、ニンニクやシルバーアクセサリー、それに十字架が空中に放り出される。しかし鬼が怯んでいる様子はない。ヴァンパイアのような弱点はないのかもしれない。

「だったら……っ！」

手を伸ばして杭《くい》を掴んだ。ニンニクの匂いで涙が止まらず、十字架が視界に入って頭痛がひどく、アクセサリーに触れて蕁麻疹《じんましん》が止まらない。それでも杭を握り締め、鬼の胸へと突き立てた。

ドンッと衝撃が腕に伝わってくる。

「ハーフヴァンパイアの力で振り下ろした一撃、これなら弱点なんて関係なく効くはずです……っ！」

一瞬、鬼の顔にも驚いたような気配が見えた。しかしすぐに酷薄な笑みへと変わる。

「童《わっぱ》の遊びか。小賢《こざか》しい」

「……っ」

通用しなかった。

鬼がこれ見よがしに手を伸ばし、瞬く間に杭が握り潰《つぶ》された。木片が散るなか、その手が今度はこちらに伸び、首を絞められる。

「う……っ⁉」

真っ赤な目でこちらを見つめ、鬼は嗤《わら》った。

「苦しいか？　恐ろしいか？　くく、なんたる僥倖《ぎょうこう》か。よもや以前に取り逃がした獲物が再び目の前に現れるとは。あの夜は邪魔が入ったが、今度こそ喰《く》ろうてやろう。もはや首から啜《すす》るだけでは足りん。その甘き血はやはり心臓ごともらい受けよう」

鋭い爪がゆっくりと胸に近づいてくる。

悔しかった。嚙《か》み締《し》めた唇から血が滲《にじ》むほど悔しかった。

守らなきゃいけないのに……っ。

「さあ我が物としよう。今宵《こよい》こそ、この心臓を！」

爪が突き立てられた。しかし痛みが襲ってくるより早く、理緒は「え……？」と場違いに呆《ほう》けてしまった。

邪悪な笑みを浮かべている鬼のすぐ背後、そこに――突然、黄金を溶かし込んだようなブロンドが輝いたから。

「それは私の眷属《けんぞく》だ。心臓から指の先、髪の毛一本に至るまで、貴様にくれてやる道理はない」

直後、鬼の首が横一文字に切り裂かれた。頭と胴体が分断され、苦悶《くもん》の表情で叫ぶ。

「……っ!? おのれ、また貴様か……!?」

「ああ、また私だ。二度も背後を取られるとは、迂闊《うかつ》な鬼もいたものだな」

「ああああっ、おのれおのれおのれ……っ！」

怨嗟《えんさ》の声を上げ、着物の体が砂のように消えていく。

その砂を払うようにして現れたのは、氷室教授だった。いつも通りのスーツ姿に、いつも通りのすまし顔。手には『髪絡みの森』で使った、ペーパーナイフが握られていた。その一撃で鬼を葬ったらしい。

理緒は茫然《ぼうぜん》としてしまい、口を開くことができない。

今、目の前で繰り広げられた光景が古椿の夢のようだったから。

鬼の姿がかき消え、背後から氷室教授が現れる――その光景を夢でみたから、理緒は教授によって改竄《かいざん》された記憶なのだと思ったのだ。しかし……。

「あの夜と同じ状況になったな」

平然とした顔で教授は言った。こちらに対する自責の念など何もなく、後ろ暗いことなど一切ないかのように。

「あ、あの、教授は……」

何を尋ねていいかもわからないまま、口を開く。けれどいつも通りに教授はこっちの話なんて聞いていない。勝手に思案顔になる。

「いや……考えてみれば、まったく同じというわけでもないな」

形の良い唇《くちびる》にふっと笑みが浮かぶ。

「あの夜と違い、今度は——お前を助けることができた」

「え……」

天窓の向こうにちょうど月が現れた。星の光のなかに柔らかな月灯《あ》かりが重なり、『ガラスの階段』が輝きだす。無数の光がフロアを満たし、まるで天の川のような光景。

突然、ふわりと頭を撫《な》でられた。

「よく頑張ったな、理緒。さすがは私の家族だ」

「……っ」

思わず涙ぐみそうになってしまった。弱点のせいではなく、勝手に涙がこぼれそうになってくる。頭は混乱しているし、事情も何一つわからない。なのに理解できてしまった。

「遅いですよ、教授……」

この人は犯人じゃない。

尊大で、身勝手で、だけど学生たちのためには動いてくれる、僕の知っている氷室教授だ。

「私のことを学生たちを襲っている犯人だと思っていた？　やれやれ、お前は本当に救いようのない愚か者だな」

『ガラスの階段』の二階フロア。鬼が消えた後、ハーフヴァンパイアの力を解いて理緒が正直に白状すると、教授は怒るでもなく叱るでもなく、ただただ呆《あき》れ顔《がお》で肩を竦《すく》めた。

「しょ、しょうがないじゃないですかっ。倒れた学生たちには首筋に傷があって、しかも『吸血鬼に襲われた』なんて言ってたらしいんですから！　この大学にいる吸血鬼——ヴァンパイアなんて氷室教授だけでしょう⁉」

「お前もそうだろう？　ハーフヴァンパイアなのだから」

「僕は人を襲ったりしません！」

「私もしない。するわけがない」

そう言って、教授はスーツのポケットから手袋を取り出した。路地で会った時もつけていた、あの白い手袋だ。それを手に嵌《は》めて、首筋に触れてくる。すると陽だまりのような温かさを感じ、傷口の血が止まり始めた。

「これはドイツのシュヴァルツヴァルトで手に入れた『老《ろう》ペーターの御手《みて》』。聖人の名を冠した道具でな、罪なき者の心と体を癒《いや》してくれる。明日の今頃には傷跡自体もなくなっていることだろう」

「えっ、じゃあもしかして昼間に路地で会った時も……」

「ダンスサークルの学生の治療を終え、他の学生たちに命じて医務室へ運ばせたところだった。邪悪なあやかしの残滓《ざんし》を消して後始末をしているところに、やたらと切羽詰まった顔のお前がきたというわけだ。すべて終わった後にやってきて色々わめくものだから『何を空回っているのだ、この愚か者は』と呆れたものだ」

「か、空回って、って……っ」

ひどい言い草だった。腹が立ったので軽く睨《にら》みながら言い返す。

「じゃあ、広瀬さんのことはどうなんですか？」

「佑真《ゆうま》？」

「広瀬さんが教えてくれたんです。お守りの組紐《くみひも》があるから自分には悪いものは寄ってこないって。でも広瀬さんは他の学生と同じように倒れてしまいました。昨日、教授は広瀬さんを研究室に呼んでましたよね？　その翌日に広瀬さんが倒れたら、教授が組紐を取り上げて何かしたと思うじゃないですか」

「ああ、組紐の件か。確かにそこには私も油断があった。レプリカを作成するのに予想外に時間が掛かってしまったからな」

「レプリカ?」

「これだ」

ポケットから今度は別のものが取り出された。

見せられたのは、赤い組紐のようなもの。広瀬さんがつけていたものとそっくりだが、微妙に紐の組み方が違うようにも見える。

「妖狐《ようこ》ではなく、私の気配がするように作って複製した、魔除《まよ》けのレプリカだ。この大学は地脈の関係で『人ならざるモノ』が集まりやすい。学園祭などの賑《にぎ》わいのなかではとくに陰と陽が混じりやすくなるからな。『人ならざるモノ』を知覚してしまう力——いわゆる霊感の強い学生たちにこのレプリカを与えて魔除けにさせるつもりだった」

「じゃあ、広瀬さんが襲われたのは……」

「レプリカ作成のために私がオリジナルの組紐を借り受けていたからだ。無論、佑真の了承は得ている。しかしその間に佑真が襲われる事態になるとは。当然、致命傷になる前に私が駆けつけて助けたが……妖狐の主人には一度詫《わ》びねばならんだろうな」

最後の方は独り言のように小さくてちゃんと聞き取れなかった。

しかしすぐにこちらを向き、教授は言う。

「ちなみにその佑真も完全に回復している」

「ほ、本当ですか!?」

「嘘《うそ》など言うものか。『老ペーターの御手』の治癒がよく効いて、むしろ以前より活発になったくらいだ」

「よ、良かったぁ……っ」

思わずその場にへたり込んでしまった。やれやれ、と教授は苦笑する。

「お前が七号館で助けた女子学生も治癒を施しておいた。今はウールに様子を見させている。佑真同様、大事はないから安心しろ」

「ありがとうございます……」

さらに全身の力が抜けた。良かった。どうやら教授はここにくるより先にウールと女子学生に会ったらしい。理緒が囮《おとり》になって逃げていることをウールが伝え、駆けつけてくれたのだろう。

しかし、だとすればどうしても気になってくる。

「結局、教授は人間のことをどんなふうに見ているんですか？」

「人間？　愚か者の集まりだな。ヴァンパイアとなって幾星霜を経た私からすれば、人間など存在からして滑稽《こっけい》極まりない」

「うわぁ……」

本当にブレない人だった。

「ただし」

教授の言葉は続いた。

気まぐれな月が雲間から顔を出したかのような、優しい瞳《ひとみ》で。

「愚かで滑稽だからこそ、人間は愛《いと》おしい」

光り輝いている『ガラスの階段』の手すりに教授は背中を預ける。

「お前たちは常に迷い、足踏みし、すぐに間違った方向へ突き進む。過去を悔いて、未来を憂い、人生という霧のなかをさ迷い続ける。なんと合理性の欠片《かけら》もない生き方か。私からすれば本当に度し難い。しかしそんなお前たちだからこそ、生を謳歌《おうか》できるのだろう。達観した我々ヴァンパイアよりも、お前たち人間の方がずっと鮮やかな一瞬を生きている。挫折《ざせつ》から立ち上がり、恐怖を克服して勇気を振り絞り、己よりも他者のことを想《おも》い、やがて正しい道へとたどり着く——そんな生き方ができる『人間という種』を私は心から愛している。理緒、今のお前がまさしくそうであるようにな」

「ぼ、僕ですか……？」

穏やかな眼差《まなざ》しに見つめられ、戸惑った。教授は唇の端で笑う。

「私を犯人だと見誤って勝手に行動したことは、大いに間違いだ。しかしその結果、七号館の女子学生が救われた」

教授はあの鬼を退治するために七号館を訪れていたらしい。理緒が女子学生を見つけた時、教授もすぐ近くにいたのだ。

「あの鬼は女子学生に噛みついた後、私の気配に気づき、一旦《いったん》獲物のそばから離れたのだ。しかし恐る恐る現場に戻り、ちょうど女子学生を発見したお前と遭遇したというわけだ。お前が鬼を引き離さなければ、女子学生はさらに多くの血を奪われていたかもしれない。私を疑ったお前の行動は結果的にひとりの人間を救ったわけだ」

そして、と言葉は続く。

「あの夜と違い、今夜のお前は鬼に立ち向かった。その行動がなければ、私が間に合うこともなかったろう。お前の勇気はお前自身をも救ったのだ。それは正しさ以外の何物でもない。――よく頑張ったな、理緒」

……ああ、そうか、と思った。

さっき教授が頭を撫でてくれたのは、こういう意味だったのだ。

一瞬、胸が温かくなった気がした。しかし直後に「いやいやいや」と思い直す。

「でもヴァンパイアが人間の血を求めるのは摂理だって言ってましたよね？　結局、教授は人間の血を吸うんですよね？」

「もちろんだ。ヴァンパイアである私は人間の血を糧とする。ただし私ほどの高位の存在ともなれば、もはや生きる上で大量の血は必要としない。お前を眷属にする際に血を飲んだからな。少なくとも向こう数年は摂取しなくていい」

「数年単位⁉　そんなにいらないんですか⁉」

驚きの燃費の良さだった。

「じゃあ、記憶をいじるっていう件は？　人間を愛しているとか言いながら、教授って結構ひどいことを平然としてると思うんですが」

「必要とあれば如何《いか》なる処置も行う。考えてもみろ。鬼に襲われた記憶など、人間の生活には不要だろう？」

「え？」

「言ったはずだ。この『老ペーターの御手』は心と体を癒す。心を守るため、悪《あ》しきものに襲われたという記憶を改竄《かいざん》してやることもできる。佑真は事情を知っているから傷の治癒だけに留《とど》めたが、他の学生たちには記憶を改竄する力も使った。首の傷と共に、時間が経《た》てば『鬼に襲われた』という記憶も消えていくはずだ」

「……あの、その力って僕にも使ったことがありますか？」

「ん？　ああ、そういえば使ったな。お前の場合は胸の傷が深すぎて、『老ペーターの御手』では治癒が追いつかなかったが、記憶の方はいじっておいた。なんだ？　鬼に襲われた記憶を持っておきたかったか？」

「いえ、まず独断でひとの記憶をいじらないで下さいっていう話ではあるんですが、それを置いておくとしても、結構、記憶残ってましたよ……。鬼のこと自体は覚えてませんでしたが、何者かに襲われたことは頻繁に夢にみてうなされてましたし」

「なんだと？」

興味深そうにしげしげと見つめてくる。

「それは面白いな。考えてみれば『老ペーターの御手』の聖人の力は人間のためのもの。お前の場合、ハーフヴァンパイアとなったことで効果に齟齬《そご》が生まれたのかもしれん。一方で今行った首の治癒には効果が表れている……これは珍しい事例だ。よし、理緒、毎晩みていたという夢について、あとでレポートを提出するように。最優先だ」

「うなされてたって言ってるのに最優先とか……鬼ですか」

「鬼？　いいや、私は吸血鬼だぞ？」

「そういう話じゃありません」

全体的に納得いかないものを感じていると、教授が手袋を嵌めたまま今度は額に触れてきた。

「中途半端な記憶というのも不便なものだろう。効果を打ち消して、記憶を戻してやる」

手袋が淡く輝き、頭のなかに強い光が瞬《また》いた。

癒しという名の下、封じられていた記憶が蘇《よみがえ》る。

入学式のあった夜、理緒は大学の敷地《しきち》にやってきた。そこで遭遇したモノは氷室教授ではなく——あの鬼だった。

理緒は鬼から逃げ惑い、中央棟の『ガラスの階段』に追いつめられ、そこで胸を引き裂かれた。あえなく階段から落ちそうになり、さらに鬼が心臓を抉《えぐ》り出《だ》そうと手を伸ばす。

だが寸前でその首が斬り落とされた。

背後から現れた、氷室教授の手によって。

「あ……」

蘇った記憶を感じながら、理緒は小さく声をこぼした。

首を切られた鬼はかき消え、教授はゆったりと階段を下りていく。その姿は理緒の視界の端にも映っていた。

短い会話の末、『穏やかな日常』を求める理緒の言葉に笑い声を上げ、教授は理緒の血を吸う。同時に自分の血も与えてハーフヴァンパイアにし、最後に白い手袋をこちらの額に当ててきた。それによって鬼に襲われた記憶を消したのだろう。

結局のところ、やはり記憶は教授にいじられていた。

そして古椿の夢がそれを正してくれた一面もやはりあったようだ。

ただ結論としては。

「やっぱり僕は教授に助けられていたんですね……」

「気にするな。高貴なる者の義務《ノブレス・オブリージュ》だ。高貴な私にはお前たち愚か者を助けてやる義務がある」

「いえハーフヴァンパイアにされてるので、むしろその辺りはもう少し気にしてほしいところなんですが」

しかし正しい記憶が蘇ったことでまた気になることが出てきた。

理緒は床から立ち上がりながら尋ねる。

「一か月前の時点で、教授はあの鬼を倒してくれてましたよね？　でもあいつはまた現れました……。あれは一体なんなんですか？」

先ほどまで鬼がいた場所を見つめる。すでにそこには何もないが、得体の知れない不気味さだけは鮮明に脳裏に残っている。

「奴の名は朧鬼《おぼろおに》。古くからこの霧峰の土地に巣食っているあやかしだ」

「土地に巣食っているあやかし……？」

「数百年前、この土地では大きな合戦があった」

合戦という言葉には聞き覚えがあった。

「もしかして『ブックカース』の時の……？」

「ああ、鬼籍が作られるきっかけとなった戦いのことだ」

教授曰《いわ》く、合戦の場となったのが、ちょうどこの霧峰大学が建っている場所だったらしい。

怒りや嘆きなどの強い感情を持って死んだ者は、亡者や亡霊となって土地に残ることがある。その多くは長い時のなかで自然に消えていくが、不運にもこの霧峰の土地は霊的な力が集まる要所で、消えていくはずの亡者たちは逆に少しずつ力を蓄えてしまうらしい。

そしておよそ百年周期で活性化し、鬼となって人間たちに害を及ぼすという。

「それが朧鬼の正体……」

「ああ。朧《おぼろ》のようにどこからともなく現れ、人の血を求める鬼。それが朧鬼だ。鬼籍が収集していたのが死者の残滓《ざんし》だったことに対して、奴らは死者そのものだと言えるだろう。朧鬼の出現はこの土地のいくつかの古書にも記録されている」

学園祭が五月という半端な時期にあるのも昔の合戦の名残《なご》りらしい。そもそもは土地を上げての鎮魂祭だったものが、形を変えて学園祭の形で残ったのだ。

「朧鬼は数百年前の合戦の日が近づくにつれて顕在化していく。合戦の日というのはかつての鎮魂祭と同じ日、つまりはこの大学の学園祭の日だ」

教授は白い手袋をしまいながら言う。

「朧鬼は武者が敵を求めるがごとく、人間の血を欲する。人だったモノが血を求めた挙句に鬼と化した存在だ。となればヴァンパイアのルーツを探る上でいい研究材料になるかと思ったが……実物を見ればなんのことはない、あれは品性のないただの化物だ。期待外れもいいところだな」

軽く吐息をはき、教授は首を振る。

「加えてすこぶる数が多い。潰《つぶ》した端からまた現れ、制限というものがない。害虫でももう少し可愛《かわい》げがあるというものだ」

「え、潰した端からまた現れるって……」

一瞬、聞き間違いかと思った。そうであって欲しかった。

しかし教授は当然のように頷《うなず》く。

「一か月前に倒したものがまた現れた、と言ったのはお前だろう？　その見解はひどく正しい」

その言葉と同時、何か不穏な気配がフロア全体を包んでいくのを感じた。怨嗟《えんさ》のような声が「血を……血を……」といくつも響き始める。

「きょ、教授！　何かまわりの様子がおかしいです……っ」

「落ち着け。お前ももうわかっているはずだ」

慌てふためく理緒に対し、教授は冷静さを崩さない。

「先ほどお前が七号館で女子学生を助けていた時、私は上の階で別の朧鬼を退治していた。今夜だけで七体目だ。学園祭の日が近づき、奴らの顕在化が進んでいる。いいか、理緒？朧鬼は合戦で死んだ者たちの亡霊、ならば――死者の数だけいくらでも現れる」

突然、黒い炎のようなものがフロア中で燃え上がった。そのなかからミイラじみた鬼が一斉に姿を現す。しかも一体ではなく、とてつもない数がいる。

さすがに理緒は「ひ……っ」と後退《あとず》さる。

「こ、これ、どれだけいるんですか……!?」

「さあな。朧鬼は武者たちの無念の集合体だ。寄り集まった無念が一つの意思のようなものを形成しているようだが、物質的な肉体についてはそれこそいくらでも湧いてくる。数えることは無意味だろう。しかし壮観な眺めだな。この国では『人ならざるモノ』の群体というのは近代以降なかなか現れていない。有名どころでは江戸の百鬼夜行などが最後だろう。そう考えれば貴重な光景だとは思わないか？」

「思いません！　まったくもって思いませんよ!?」

慌てるこちらのことなど気にもせず、教授は講義の時のような口調で喋《しゃべ》り始めた。その間にも朧鬼が次々に現れているというのに。

「海外民俗学ではこの国と違い、近代どころか現代でも『亡霊の群体』というものは存在する。たとえば英国辺りのゴーストたちはとてもフランクでな。北部のヨークシティには常日頃から約500のゴーストが目撃されている」

「500!?　フランクに出て来すぎじゃありませんか!?」

さすがにびっくりしてツッコんでしまった。

「国民性というものだろうな。英国人は幽霊探求にとても熱心だ。当然、死後のゴーストたちもその気質を受け継ぎ、生者たちに気安く姿を見せる。現地ヨークシティの民俗学者がまとめた論文には相当数のゴーストとその出現場所がリスト化されている。私の研究室でも所蔵しているから今度見せてやろう」

「いえ、結構です！　それより朧鬼が……っ」

「そう言うな。ヨークシティはゴーストを観光資源にもしている。街のゴーストツアーに参加すると、そこそこの頻度でゴーストを目撃できるぞ。懐かしいな、私もそのツアーで幾人ものゴーストに遭遇したものだ」

「ヴァンパイアがツアーに参加して幽霊に会うってどういう状況ですか⁉　いやそれより逃げましょう！　こんな数、さすがに氷室教授でも……っ」

「逃げる？　馬鹿を言うな。獣が領地を荒らしたならば、それを狩るのは領主の仕事だ」

教授がパチンッと指を鳴らした。するとその影から無数のコウモリたちが飛び出し、まるで黒い稲妻のように朧鬼の群へと向かっていく。鋭い牙《きば》で襲い掛かり、朧鬼は出現する端からコウモリたちに翻弄《ほんろう》される。

すごい……と理緒が茫然《ぼうぜん》とする横から、教授がジャケットをなびかせて歩を進める。

「よく見ておくがいい、理緒。いかな幻妖《げんよう》、いかなあやかしと言えど、闇夜のヴァンパイアに敵《かな》いはしない。いつの世もヴァンパイアこそが夜の支配者なのだ」

教授は『ガラスの階段』に立ち、悠然と下界を見下ろしている。まさしく支配者という雰囲気だった。

「あやかしについての研究を度外視し、私がこうして本気を出せば、朧鬼がどれほど出現しようと物の数ではない。しかしそれだけでは今回の件は解決せん。なぜならば奴らは無制限に現れる。そこでだ、理緒。お前に使命を与えてやろう」

流れるような手つきで組紐《くみひも》が差し出された。

教授が作ったという、お守りのレプリカの組紐だ。

「これをあるべき場所へと持っていけ」

思わず受け取ってしまってから、目を瞬《しばたた》く。

「え、僕が？　それにあるべき場所って……どこのことです？」

「考えればわかる。お前はもう答えを知っているはずだ」

なぜか背中に教授の手が添えられた。ここは二階フロアで、目の前には階段がある。

既視感を覚えた。嫌な予感が沸々と湧いてくる。

「きょ、教授！　今、何を考えてます⁉　何かひどいことしようと思ってませんか⁉」

「時間がない。朧鬼が大量に出現し始めた。この中央棟は私が抑えているが、キャンパス中に出現の波が広がっていけば、いずれは犠牲者が出る」

「わかります！　それはわかりますけど、僕の背中に触っている必要はないですよね⁉」

「朧鬼は無念の集合体だ。一体一体の首をいくら落とそうとも切りがない。止める方法は一つだけ、朧鬼に寄り添えるような存在にその無念を託すこと。——さあいけ。お前の出番だ」

トンッと背中を押された。体が前に押し出され、階段から転げ落ちる。

「うわあああ、やっぱりーっ！」

悲鳴を上げながらハーフヴァンパイアの力を解放。知覚が冴《さ》え渡《わた》って落下のスピードが落ちたように感じ、空中で体勢を立て直す。同時に人間では聞き取れないほどの早口で文句を叫ぶ。

「何するんですかーっ!?　せっかく朧鬼に突き落とされずに済んだのに、教授が僕を落としてどうするんです!?」

「冷静になれ。そうして力を解放していれば問題ない。あの夜、お前は無様にここから落下した。しかし今は自力でどうにでもすることができる。これはとても素晴らしいことだと思わないか？　私に感謝の念が湧いてくるだろう？」

「湧いてきませんよ！　どういう思考回路してるんですか!?　いつもいつも思いつきで人を突き落として……っ！」

「はは、何を言っている？　思いつきのわけがないだろう。私はお前が慌てふためく顔を見るのが楽しいだけだ」

「より悪いですよ!?　ああもうっ、ちょっと助けてくれたと思ったら途端にこれなんですから！」

「さあ、無駄口を叩《たた》いていないでそろそろいけ。もとよりお前に拒否権などない」

「知ってますよ！　やればいいんでしょ、やれば！」

組紐を握り締めて、階段の中ほどを蹴飛《けと》ばした。人間には不可能なほどの跳躍力で高いアーチを描き、理緒は宙を舞う。そのままコウモリたちと朧鬼の群がいる一階フロアに着地。

「ああ、それから一つだけ言っておこう。朧鬼はお前の血がひどくお気に入りのようだ。たとえ魔除《まよ》けの組紐を持っていてもお前だけは襲われるぞ？」

「それは先に言って下さいよ!?」

まわりの朧鬼が一斉にこちらを向いた。理緒は大慌てで中央棟の扉へ走る。

「教授っ、結局、どこに組紐を持っていけばいいんですか!?」

「自分で思考しろ。お前が気づいてやらねば、意味が生まれない。だが案ずることはない。助《すけ》っ人《と》を呼んでおいた。力を合わせればたどり着けるはずだ」

「いや、僕が気づかないと意味が生まれないってどういうことですか!?　それに助っ人って——」

無数の朧鬼が追ってくるので止まることができず、尋ねている途中で中央棟から出てしまった。さらには扉を開け放ったところで、理緒は愕然《がくぜん》とする。中央棟前の舗装された広場。そこにも黒い炎が上がり、何体もの朧鬼が現れていた。

しかもこっちにはコウモリたちがいない。

「僕ひとりでこんな大勢の朧鬼なんて相手にできませんよ!?」

走り抜けるか、それとも中央棟のなかへ戻るか、迷っているうちに朧鬼が動き出した。

強烈な威圧感にたじろぐと、ふいに北側から凍えるような風が吹き込んだ。氷の粒が混じった風に吹かれ、朧鬼たちが呻《うめ》き声を上げて凍りついていく。その風のなかを駆け抜けてくるのは、特徴的な長いポニーテール。

「理緒くん、平気!?」

「さ、沙雪さん!?　どうしてここに……!?」

現れたのは氷室ゼミの先輩、沙雪さんだった。素早く駆け寄ってくると、彼女は理緒の盾になるように朧鬼の群を睨《にら》む。

「氷室教授に呼ばれてきたの！　理緒くんには指一本触れさせないから安心して！」

朧鬼は続々と出てくるが、現れた先から沙雪さんの風が凍らせていく。

「す、すごいです、沙雪さん……っ」

「これでも氷室ゼミの一員だからね。さあ行って！　理緒くんはこいつらを消すためにどこかにいかなきゃいけないんでしょ!?」

「は、はいっ。あ、でもどこにいけばいいのか、まだわからなくて……っ」

「え、わからないの？」

「わからないんです！」

「と、とにかくこの場はあたしが死守するから！　『夢喰《ゆめく》いの古椿《ふるつばき》』の時の恩返しだよ」

古椿。その言葉を耳にした瞬間、自分の声が心のなかに木霊した。

——僕も忘れません。ずっと覚えていますから……。

ああ、そうか、と思った。教授の言う、あるべき場所。それは……。

「確かにこれは僕が思い出すべきことでした……っ」

「え、理緒くん？」

「沙雪さん、僕は並木道に向かいます！」

「並木道？　わかった！　道を作るよ！」

細い右手が大きく振られた途端、氷の風が朧鬼たちを吹き飛ばす。

「今よ！」

「ありがとうございます！」

凍った地面がひび割れる勢いで踏み出した。文字通り風のように駆け、理緒は中央棟の正面から離脱する。並木道に出るには正門に向かえばいい。中庭を横切ってショートカットし、全力で走る。その途中、横の茂みからいきなり誰かの手が伸びてきた。

「うわっ⁉」

「しっ！　神崎、俺だ。静かにしろ」

「広瀬さん⁉」

茂みに引っ張り込まれ、一瞬、朧鬼かと思ってヒヤッとした。しかし頼もしい声ですぐに違うとわかった。広瀬さんだ。まさかの先輩がきてくれていた。

「もう体は大丈夫なんですか⁉」

「ああ、氷室教授のおかげでばっちりだ。心配かけちまったみたいですまなかったな。こっちの道はもう鬼がわんさかだ。このまま行ったらやべえぞ」

「でも僕、並木道の方にいきたいんです」

「並木道？　よし、だったらついてこい。野球部のグラウンドに抜け道がある」

どうやら広瀬さんも教授に呼ばれてきてくれたらしい。

沙雪さんはともかく普通の人間の広瀬さんまで呼ぶなんて、教授は何を考えているんだろうと思ったけど、その手首で組紐が頼もしく揺れていた。

教授が作ったレプリカではなく、本物のお守りだろう。そういえばまわりに朧鬼の気配がまったくしない。すごい効果だった。

「組紐ってさ、想《おも》いを届けるって力があるらしいぜ」

一緒に走りながら広瀬さんがそう言った。

「俺の親友が教えてくれたんだ。そいつもこれと似たような組紐を持ってるんだけどさ。たとえどんなに離れていても、糸と糸が紡がれるようにいつか想いを一つにする――そういう力が組紐にはあるんだと」

「想いを一つに……？」

手のなかの組紐を見つめる。

どんなに離れていても、想いを一つにする力。このレプリカにもその力があるのだとしたら……教授がこれを持っていけ、と言った意味がわかった気がした。

「ついたぞ！　フェンスに穴が開いてるから、ここから並木道に出られるぜ。俺だと体がでか過ぎて通れないけど、神崎ならいけるはずだ」

グラウンドの奥には広瀬さんの言う通り、フェンスに穴が開いていた。おそらく動物か何かが通ったのだろう。小柄な理緒ならどうにか通れる大きさだった。

「ありがとうございます……っ。ここからは僕ひとりで頑張ってみます。危ないから広瀬さんはどこかに隠れていて下さい」

「おう、わかってる。もうみんなに心配かけるわけにはいかないからな」

穴を通って並木道の方へ出る。するとフェンス越しに「神崎」と広瀬さんに呼びかけられた。

「神崎は半分あやかしなんだよな？」

「あ、はい。ハーフヴァンパイアだから教授風に言うと、あやかしじゃなくて幻妖になりますが」

「だから教授は自分がやるんじゃなくて、神崎に組紐を託したんだと思うぜ」

「え？」

「氷室教授は組紐が想いを繋《つな》ぐものだと知ってる。人間とかあやかしとか幻妖とか、そういう色んなものを繋ぐとしたら、神崎が一番いい。お前は優しい奴だ。優しい奴はいつだって誰かと誰かの架け橋になれる。だから自信を持て。めいっぱいやってこい！」

そっか、と思った。広瀬さんも古椿の件の当事者だ。

教授から朧鬼の正体を聞いて、こちらと同じことを考えたのだ。そして今、こうして背中を押してくれている。すごく心強かった。

「はいっ、僕にできるかわかりませんけど、でも離れた想いは……きっと一つにしてみせます！」

組紐を握り締めて走り出す。フェンスのこちら側は草木が生い茂っていた。『髪絡みの森』ほどではないが、並木道の外側は人が歩くようには手入れがされていない。草を踏み締め、桜の木々の間を抜け、ようやく並木道に出た。そこで理緒は歯噛《はが》みする。

「くっ、また……っ」

黒い炎が上がり、あちこちに朧鬼が現れ始めていた。そのすべてがこちらを向き、異口同音に告げる。

「血を寄こせ。たとえどこに逃げようとも、この身は貴様へと群がっていく。諦《あきら》めてその甘き血を捧《ささ》げるがいい……っ！」

「な、なんで血なんて欲しいんですか!?」

「なぜ、だと？」

「あなたたちはヴァンパイアと違って生きるために血が必要なわけではないでしょう!? だったらどうして僕や学生のみんなの血を求めるんですか!?」

朧鬼は無言のまま動かなかった。並木道のなかには理緒を取り囲むほどの数がいるが、教授の言うように集合体として意思は一つになっているらしく、どの朧鬼もまったく微動だにしない。まるで自問自答するような沈黙だった。しかしやがて目の前にいる一体が口を開く。

「……知れたこと。この身が血を求める理由、それは――」

「華麗なるリュカ君の華麗なる空中キーック！」

「わ、リュカぁ!?」

突然、どこからともなく銀髪の人狼《じんろう》が飛んできた。しかも月によって力を解放した長髪状態だ。驚くほど鋭い蹴りが炸裂《さくれつ》し、目の前の朧鬼が吹っ飛ばされる。

「待たせたな、親友！　俺もお前のこと助けにきたぜ！」

髪をなびかせて着地し、これでもかというキメ顔。

「タイミング……っ。リュカ、嬉《うれ》しいんですがタイミングがちょっと……っ」

一瞬、朧鬼と会話が成立しそうだった。ただ平和的な結論にはならなかったとも思うので……理緒は気持ちを切り替える。

「来てくれたんですね、リュカっ」

「当ったり前っしょ！　氷室教授から話は聞いた。俺がこないで誰がお前をサポートすんだよ！」

「古椿のところにいきたいんです！　朧鬼の包囲を突破できますか!?」

「任しとけって話だぜ！」

　銀髪が風に流れたかと思うと、リュカの体がかき消えた。次の瞬間、進行方向にいた数体の朧鬼が一斉に吹っ飛ぶ。目にも留まらぬ速さでリュカが攻撃したのだ。

「走れ、理緒！」

「はい！」

　二人同時に地面を蹴った。朧鬼たちはとっさに反応できず、ハーフヴァンパイアと人狼の速度が敵を置き去りにする。

「古椿ってこないだ沙雪がやらかした事件のあやかしだよな!?　そいつんとこ行ってどうするんだ？　確かもう枯れてるんじゃなかったか!?」

「確かに古椿はもう枯れてます！　でも組紐《くみひも》が想いを一つにしてくれるのなら、もしかしたらって思うんです……っ」

　――朧鬼に寄り添えるような存在にその無念を託すこと。

それが朧鬼を止める方法だと教授は言っていた。

忘れない、と古椿に誓った自分の言葉から理緒は気づいたのだ。

教授に言われてクッキーを奉納した時、古椿は自身の記憶をみせてくれた。それによれば、古椿が誕生したのは血の香る場所。多くの人間が倒れた、合戦場のなかだった。

あれはひょっとして朧鬼が生まれるきっかけとなった、合戦場のことなのではないだろうか。

古椿はこの土地に住む人間たちのことをずっと想い続けてくれていた。もしも朧鬼に寄り添える存在がいるとしたら、それはあの優しい椿の木のことではないだろうか。

「だから古椿と朧鬼を繋いであげたいんです！　この組紐の力があればきっと……っ」

「奇跡が起こせるかもってわけか！　よっしゃ、了解したぜ！」

突然、リュカが後ろを向いて足を止めた。前方にはやっと古椿が見え始めている。だが背後からは朧鬼の群がどんどん迫ってきていた。

「ここは俺が食い止める」

長い髪を振り乱し、リュカが拳《こぶし》を打ち鳴らす。

「一匹だって理緒のところにはいかせねえ。理緒、お前はお前の仕事をしろ。そんで明日《あした》は楽しく学園祭をまわろうぜ！」

「リュカ……っ」

自分でも驚くほど一瞬で判断できた。少し前だったら反射的に足を止めてしまっていたかもしれない。だけど迷う必要なんてない、と今は思えた。

信じて背中を預けられる。それがきっと親友というものだと思うから。

ぎゅっと拳を握り、敬語も抜いて告げる。

「任せた！」

「おう、任された！」

地面に落ちた葉を舞わせ、一気に加速。前髪やシャツの襟が激しく揺れ、ついに古椿の目の前にまでやってきた。

クッキーの時のように根元へ組紐を捧げようとして、手を伸ばす。しかしその矢先、すぐ真横に黒い火柱が上がった。しまった、と思った時には朧鬼が姿を現していた。

相手は朧《おぼろ》のように現れる、神出鬼没の鬼。走って置き去りにした程度で油断してはいけなかったのだ。

「遊びは終わりだ、小童《こわっぱ》ッ！」

叫び声と共に鋭利な爪が突き出された。ハーフヴァンパイアとしての知覚を総動員し、理緒は紙一重でそれを避ける。だが、

「あ……っ」

組紐が手から離れた。朧鬼の黒い炎はまだ火柱のごとく燃え上がっている。光に惑わさ

れた虫のごとく、組紐は炎の方へと向かっていた。もう駄目だ。

みんなに助けてもらってせっかくここまできたのに……っ！

しかし組紐が炎に焼かれてしまう、その寸前。

「りーおーっ！」

空から綿毛が降ってきた。ウールだ。ポンッと大きな煙を上げると、サッカーボール大の羊になって、組紐を口でキャッチ。ウール自身はギリギリで炎を避けて、組紐をこちらに投げて寄越《よこ》す。

「助けた奴が目を覚ましたから、りおのこと助けにきたぞ！　なんかわかんないけど、この紐がいるんだろ!?　受け取れーっ！」

「ウール……っ！　ありがとうございます、助かりました！」

理緒自身も地面を蹴《け》って飛び出し、組紐を摑《つか》んだ。ウールはそのまま古椿とは反対の方向へ飛んでいく。

一方、朧鬼が牙《きば》を剝《む》き出しにして、こちらへ飛び掛かってきていた。

後方にいるリュカが「理緒ッ!?」と叫ぶ。避《よ》けられない。だから逆に思いきり手を伸ばした。

「お願いします！　想いを繫げて……っ！」

組紐が古椿の根元に届いた、その瞬間だ。とてつもない光が組紐から放たれた。

理緒はその輝きのなかに飲み込まれていく。

同じく光を浴びながら朧鬼が「これは……」と震えるようにつぶやいた。

古い椿の木を中心として、組紐の光が広がっていく——。


——枯れてしまった、古椿。そこにはもう魂のようなものは宿っていない。しかし古い記憶が残滓《ざんし》となって、かすかに想《おも》いが残っている。

組紐の光のなか、理緒はその記憶が頭に流れ込んでくるのを感じた。

古椿が生まれたのは血の香る場所。多くの人間が倒れ、朽ちていった合戦場。その血を吸って芽吹いた古椿は、合戦で死んだ者たちの記憶も引き継いでいた。

古椿は知っている。

彼らが鬼ではなく、人間だった頃があることを。

「あ……」

組紐の光が波紋のように揺らめくのを理緒は感じた。

その揺らめきは朧鬼へと向かっていく。ぼろぼろの着物をまとい、ミイラのように細い体。朧鬼は光の揺らめきを受けた途端、激しく動揺した。

「人間……？　この身が人間だった、だと……？　ぐぅ……っ!?」

苦しむような声。理緒も頭痛のようなものを感じて小さくうめいた。

鬼に成り果ててしまったモノの、かつての記憶。古椿をきっかけにして、それが呼び起こされようとしていた。

「わ、我が身は……っ」

彼らは皆、決死の覚悟で戦場へと集った。

武芸者、侍、浪人、なかには農具を武器代わりにした農民もいた。合戦が始まった理由なんて彼らは知らない。きっと隣国の殿様同士が何かいざこざでも起こしたのだろう。

わかっているのは、ここで自分たちが戦わねば、家族や仲間たちが戦火に巻き込まれてしまうこと。滑稽《こっけい》なのは敵も味方も同じことを考えて集まっていること。さらには同じことを考えていると知った上で、それでも刃を交えなければならないこと。

ある武芸者は先々代から続く道場を弟子たちに託し、ある侍は家族や家臣から涙ながらに見送られ、ある浪人は世話になった老夫婦に礼を言い、ある農民は村人たちに希望を託され、それぞれがこの合戦場にやってきた。

戦わなければ道場は焼かれ、お家《いえ》は潰《つぶ》れ、老夫婦は住む場所を失い、村は襲われてしまう。

願いは一つ。

大切な人々を守りたかった。たとえこの身が朽ちようとも。

守るためには戦わなければならない。戦うということは敵を倒すということ。敵の血が流れれば流れるだけ、願いの成就へ近づいていく。

そうして血を浴びて、浴びて、浴びて、敵を傷つけた分だけ自分も傷つき、いつの間にか命を失い、こんなはずじゃなかった、もう嫌だと心は悲鳴を上げ、それでも切なる願いは消えず、血を求めて、求めて、求めて……やがて彼らの無念は一つとなり、気づかぬうちに鬼と成り果てていた。

いつからだったろうか。

長い長い時の果て、もう合戦なんて終わっているのに、鬼は何度もこの地に蘇《よみがえ》った。何のために自分は血を求めているのかすらもうわからない。それでも、やらねばならぬという思いだけが胸のなかで燻《くすぶ》って、さ迷い続けた。

合戦から百年を過ぎても血を求め、二百年を過ぎてもまだ求め、三百年を過ぎても求め続けた。

なんという滑稽な話だろう。守りたくて、どうしても守りたくて、それだけがすべてだった。なのに肝心の守るべきものがすでにこの世に残っていない。それどころか……。

「我が身は害悪に成り果てた……っ」

罪なき者たちを襲い、血を啜《すす》った。何百年にも亘《わた》って繰り返した。許されざる蛮行だ。なぜこんなことになったのだろう。こんな末路になるのならば願わなければよかった。

無駄だった。無意味だった。願うことが罪だった。

守りたいなどと決して願ってはいけなかったのだ――。

「――そんなことねーよ！」

突然、叫びと共に光が弾《はじ》けた。

まばゆい輝きに覆われていた景色が消え、理緒は自分が古椿の前に倒れていることに気づく。叫んだのは逆方向にいる、ウールだった。

組紐の光を浴びて一緒に記憶を視《み》てしまったのだろう。なぜかウールは必死な目で朧鬼へと駆け寄っていく。

理緒が慌てて立ち上がると、ぬいぐるみのような綿毛羊の体がジャンプしてきて、すっぽりと腕のなかに収まった。そして再び叫ぶ。

「守りたいって思うことがいけないなんて、そんなことねーよ！」

目の前の朧鬼へ向かって。

「だって、りおもみんなを守りたいって思ってここにきたんだ！　その気持ちが間違ってるなんて、友達のおれが言わせないぞ!?」

「ウール……」

理緒は柔らかい毛並みを抱き締める。

朧鬼はもうこちらに牙を向けてはいなかった。ただ、だらんと両腕を下げ、立ち尽くしている。

もう恐ろしいとは思わなかった。理緒が優しい人たちの日常を守りたいと願ってここにきたように、朧鬼の始まりもまた『守りたい』という気持ちだったのだ。

何を語ればいいだろう。どんな言葉なら届くだろう。迷ったけれど、腕のなかの友達が勇気をくれた。理緒は静かに口を開く。

「僕は……この街の人間です」

夜風が音もなく吹いていた。空には月があり、柔らかく大地を照らしている。もう誰も動くことなく、静謐《せいひつ》な空気が漂っていた。

「何百年も前にあなたのような……いえ、あなたたちのような人がいたこと、大きな戦いがあって、たくさんの人が傷ついたことを……ごめんなさい、僕は知りませんでした」

一言、一言、ゆっくり言葉を紡いでいく。

「でも今は違います。ここに立っている古椿があなたたちのことを教えてくれた。この古椿は大昔に合戦場のなかから生まれました。あやかしとしては、ひょっとしたらあなたたちの息子や娘、子孫のような関係になるのかもしれません」

瞳《ひとみ》に意思を込めて、見つめる。

「古椿はずっとずっとこの街の人間たちのことを見守ってくれていました。村人たちがいなくなって淋《さみ》しい時も、自分が皆に忘れられて哀《かな》しい時も、ずっと人間のことを想っていてくれたんです。それはきっとあなたたちから生まれた存在だからじゃないでしょうか。

守ろうという願いから生まれた古椿だから、ずっと人間のことを見守っていてくれたんです」

朧鬼の視線がかすかに動いた。赤い瞳が古い椿の木を見上げる。一方、理緒は手のなかの組紐《くみひも》に視線を落とす。

「組紐の力によって、古椿が僕とあなたたちを繋《つな》いでくれて、僕は知ることができました。かつて優しく強い気持ちで誰かを守ろうとした人々がいたことを。だから……僕もあなたたちに自分のことを話します」

赤い瞳がゆっくりとこちらを向いた。理緒は語り始める。

「僕はこの街の人間です。子供の頃から病弱でほとんど学校に通えてなくて……友達もほとんどいませんでした。大学生活がすごく楽しみだったけど、でも本当はちゃんとやれるかなっていう不安も大きかったんです」

朧鬼はじっとこちらを見つめている。

「結局、思った通りの大学生活は送れませんでした。むしろ想像よりずっとひどい状態になっている気もします。——でも」

ウールを抱く腕に力を込める。

「友達ができました。親友だって言ってくれる人もできました。ピンチの時に駆けつけてくれる先輩たちもいて、ちょっとどうかと思うけど頼りになる教授もいます。僕は……」

ああ、そうか……。

話しているうちに、思ってもいなかった自分の気持ちに気がついた。

「僕は今、結構毎日が楽しいんだと思います」

腕のなかのウールがこちらを見上げ、笑い合った。そして視線は朧鬼へ。

「それはきっと、あなたたちのおかげでもあるんです。あなたたちはかつてこの土地の人々のために必死に頑張ってくれました。おかげで人々の営みは守られ、古椿が見守ってくれたように歴史は続いたんです。そして、その歴史は——今の僕へと繋がっています」

朧鬼の肩が震えた。理緒は一歩前へと踏み出す。

「確かにあなたたちは多くの間違いを犯しました。でも始まりの願いは決して間違いなんかじゃなかった。守りたいという願いのおかげで今もこの土地には街があり、人々の営みがあり、こうして僕が生きています。だから——」

背筋を伸ばし、感謝を込めて頭を下げる。

「ありがとうございました。僕は今もあなたたちに守られています」

長い無言の間があった。

やせ細ったミイラのような体は微動だにしない。まるで時を止められたかのように動かなかった。しかしやがてぽつりと言葉がこぼれる。

「願いは……」

乾涸《ひから》びた唇を開き、朧鬼がつぶやく。

魂を震わせるような声で。

「願いは叶《かな》っていたというのか……」

「はい」

理緒は強く頷《うなず》いた。

「あなたたちは確かに守りきった。今ここに生きる僕がその証拠です！」

その瞬間、朧鬼は天を振り仰いだ。

「ああ……っ」

むせび泣くように全身を震わせ、血のようだった瞳から赤の色が抜けていく。

その変化に呼応するように組紐が輝いた。同時に後方のリュカが突然、声を上げる。

「理緒……っ！」

その表情は驚きに満ちていた。

組紐の光に照らされて、リュカは言う。

「今、声が聞こえた！　秋本ちゃんの声だ……っ」

「秋本さんの声……!?」

驚く理緒へ、リュカはキメ顔をした。どこか泣きそうに、でもとても誇らしそうに、初恋の人の言葉を代弁する。

『今こそ鬼籍が役目を果たすよ』……だってよ！」

直後、強い風が吹いた。

黒い光のようなものが風に乗って現れ、一斉に朧鬼たちを包み込む。

すると不思議なことに朧鬼たちは「そうだ、ああそうだった……っ」と声を上げ、額の角が灰となって崩れていく。

「これは……」

理緒は驚いて目を見開く。

組紐の光のなかから誰かの意思のようなものが教えてくれた。

朧鬼たちは自分の名を思い出しているのだ。治右衛門《じえもん》、佐郎太《さろうた》、与助《よすけ》……など、かつて鬼籍が収集した無数の名がそれぞれの朧鬼に示され、無念の集合体だった朧鬼がひとりひとりの魂へと戻り始めている。

「……ありがとうございます。リュカと僕のことを助けにきてくれたんですね」

理緒には声のように明確なものは感じ取れなかった。けれどこの状況を教えてくれた意思が誰のものかははっきりとわかる。リュカは本当に優しい人に恋をした。

目の前で朧鬼たちが人の姿を取り戻していく。精悍《せいかん》な体つきの武芸者や立派な鎧《よろい》を着た侍、飄々《ひょうひょう》とした雰囲気の浪人に足軽姿の農民もいる。

だがそうして人間に戻る端から体が灰になり、彼らは風に溶けるように消えていく。それでも怨念《おんねん》めいた気配はもうどこにもなくなっていた。ただ自然へと還《かえ》るように安らかに消えていく。

理緒と向かい合っていた朧鬼もいつしか精悍な若武者の姿になっていた。理性を取り戻した瞳がこちらを見つめる。とても申し訳なさそうに。

「……すまなかった。途方もない手間を掛けさせてしまった。汝《なんじ》らはこの土地に住まう者。本来であれば、我らが守り神となって守護すべきであったものを……」

「いいんです」

理緒はそっと首を振る。

「さっき言った通りです。あなたたちのおかげで僕たちは今、この土地で穏やかに暮らせている。だからいいんです。全部、もういいんですよ」

「……礼を言う」

若武者は深く頭を下げた。そして今度は頭上の椿の木を見上げる。風に吹かれて、枝がさわさわと揺れていた。

「子孫たる椿と共に、我らは消えていく。長きに亘る妄執を払ってくれたのが汝のような者で良かった。……この地に生きる者よ」

若武者は理緒へと視線を向けて。

「どうか幸せにな」

最後にそんな祈りを口にして、彼らは光のなかへ消えていった。

黒い光が渦を巻き、灰となった体を運んでいく。同じように枯れ枝からも想《おも》いの欠片《かけら》のような光がこぼれ、共に風のなかへ消えていった。風は空高く昇っていく。

鬼籍、古椿、朧鬼、多くの想いは一つとなり、今こうして――天へと還っていった。


やがて組紐の輝きが消え、夜が静けさを取り戻した頃。

理緒は気が抜けて、その場に座り込んだ。ウールが「頑張ったなぁ」と頭を撫《な》でてくれる。リュカは少し離れたところで風に吹かれていた。

そして程なくすると、並木道を氷室教授が歩いてきた。

「どうやら上手《うま》くいったようだな」

後ろには沙雪さんと広瀬さんの姿もある。どうやらキャンパス内の他の朧鬼たちもちゃんと消えたようだ。

ここであったことを理緒が説明すると、教授はまずリュカの方を向いた。

「鬼籍の残滓《ざんし》が仕事をしたのだろうな。かつて合戦場で収集した名を朧鬼に示すことで、無念の集合体がそれぞれの一個人に戻ったのだ。それによって鬼ではなく、人に還ることができた。鬼籍が本懐を全うしたというところだ。ひょっとすると……組紐の力がリュカと秋本美香の想いを繋ぎ、奇跡を起こしたのかもしれんな」

「……なーる、そういうことか。愛の奇跡ってやつだ」

リュカは軽い調子で頷いた。その笑みはどこか大人びて見えた。

教授が今度はこちらを向く。

「理緒も私の目論見《もくろみ》通りに朧鬼に寄り添えたようだな」

「……え？　教授が言ってた『朧鬼に寄り添えるような存在』って古椿のことじゃ……」

「いいや、あれはお前のことだ。そもそもの話、私は朧鬼をこの地から消し去るに当たって、組紐を用いた結界を構築しようとしていた。だが先日の一件でお前は古椿の心を開くことに成功した。やや関係が捩《ね》じれてはいるが、古椿は朧鬼の眷属《けんぞく》のようなものだ。ならば古椿の時と同様、お前は朧鬼にも寄り添うことができるだろうと考えたのだ。結果はこの通り、結界の構築よりもずっと合理的で穏便なものになった。私が消し去るまでもなく、朧鬼たちは自ら満足して天へと昇った」

それならそれで初めから言ってくれればいいのに……と思うのだが、確かに自分で色々なことに気づかなければ、ああして朧鬼と向かい合うことはできなかったかもしれない。

「……あの、僕、少しわかった気がします。民族学を勉強する意味みたいなものが」

「ほう？　言ってみろ」

教授はそばにきてしゃがみ込み、座り込んでいるこちらに視線を合わせる。いつも見下ろすようにして話す人なのに珍しい。やや面食らいながらも理緒は口を開く。

「……その、昔のことを知らなくても生きてはいけますけど、知ることで得られるものがあるのかもしれないと思いました。鬼籍や古椿や朧鬼……大昔にあった色んな出来事があって、その延長線上に僕はいて、そのなかでウールに出逢《であ》うことができました。リュカや沙雪さんや広瀬さんにも出逢うことができて、しかもそれぞれの事件が解決したのは街の外からやってきた氷室教授の力があったからで、そういうものがぜんぶ繋がっているような気がしたんです。もちろん間違いもたくさんあって、鬼籍は人を呪うような存在になってしまって、古椿も生徒の血を求めて、朧鬼は実際にたくさんの人を襲って、僕も氷室教授を疑って……僕らは色んな間違いを犯して、でもそのおかげで正しいことにたどり着けたこともあって、正しさも間違いも歴史っていう大きな流れのなかではきっとどちらも必要なもので、そういう過去と自分が繋がってるっていう感覚が大事な気がして、だからその、ええと………あ、あれ？　僕は何が言いたいんでしたっけ？」

話しているうちに、だんだんまとまらなくなってしまった。

教授が「ふむ」とつぶやき、いきなりデコピンされた。

「あいたっ!?」

「自身の主張を言語化しきれていない。C評価と言ったところだな」

冷ややかに言い、教授は立ち上がる。

「だがその気づき自体は悪くない。かろうじてだがな」

「ぜんぜん意味がわかりません……」

「自分で考えるがいい。それも学びというものだ」

大変勝手な言い草だった。だがこういう人なのだから、もうしょうがない。

色々と諦《あきら》め、理緒も立ち上がる。教授に不満を言うのもいいが、ちょっと思いついたことがあった。

「一つだけ言語化できることがあります。えっと、提案みたいなものなんですが……」

視線は氷室教授、リュカ、沙雪さん、広瀬さんへ。

そして理緒は言った。

「氷室ゼミでも学園祭で出し物をやりませんか？」

エピローグ――それは、いつか来た道で――

霧峰《きりみね》大学の学園祭が始まった。

正門には『第八十三回霧峰祭』と書かれた看板が掲げられ、メイン通りには学生たちの屋台が並び、どこもかしこも賑《にぎ》わっている。

中央棟の『ガラスの階段』も電飾が準備されていて、夕方になると七色にライトアップされるらしい。

そんななか、理緒《りお》は分厚い紙束を抱えて、氷室《ひむろ》教授の研究室に向かっていた。

紙束の中身は氷室ゼミで行った出し物のアンケート用紙だ。まさかこんなに盛況になるとは思わなかった。

今回、氷室ゼミでは理緒の発案によって、学園祭の間、研究発表の出し物を行うことになった。普段、ゼミでやっているあやかし調査の報告を民俗学の研究として脚色し、展示発表の形にまとめたのだ。

鬼籍や古椿や朧鬼《おぼろおに》……すべてをそのまま発表することはできないけれど、自分が見聞きしたものを他の学生たちにも伝えたいと思った。

普通に生活していたら気にも留めないことかもしれない。

……でも僕らの住む土地には歴史があり、積み重ねがあり、そこに宿った想いがありました。

そういうものを学び、伝えるのも民俗学なのかな、と理緒は思った。氷室教授に言ったら『基礎的な範囲の理解だな。B評価だ』と言われてしまったけれど。ただデコピンをされた時はC評価だったので多少はよくなっているのだと思いたい。

展示発表を間に合わせるに当たってはほぼ徹夜作業になったが、リュカの呼びかけで氷室ゼミの他の先輩たちも集まってくれて、どうにか間に合わせることができた。

とくに人気なのは『村人たちを愛した、古椿の霊』についての研究発表。並木道は今、古椿の鎮魂を兼ねた写真スポットとして賑わっていて、いつかのような淋《さみ》しさはもうどこにもない。きっと古椿も喜んでくれていると思う。

このアンケートを届けたら、リュカと落ち合って一緒に学園祭も見てまわる予定だった。期待に胸を膨らませつつ、理緒は研究室へとたどり着く。

「教授、アンケートを持ってきましたよ。——ってうわぁ!?」

扉を開くと、またコウモリたちが部屋のなかを飛び交っていた。

「理緒か。喜べ、また新たなあやかしの噂《うわさ》を手に入れたぞ」

「喜べません！　コウモリたちを入れたら駄目っていいましたよねーっ!?」

慌てて窓を開け、コウモリたちを追いやる。教授はまったく悪びれない顔で「騒がしい奴め」と呆《あき》れている。実に憎たらしい顔だった。

「はぁ、もう……アンケート、ここ置きますよ」

「ついでに掃除もしていくがいい。コウモリたちが飛んだせいで資料が散らばってしまった」

「それは自分でやって下さい！　自業自得でしょうがっ」

教授との関係は相変わらずだ。

犯人だと疑われたことなど教授はまったく気にせず、相変わらずの眷属扱い。愚かな人間はそうした間違いの一つや二つするだろう、と本気で考えているっぽい。

だが理緒の方からすると看過できないことがあった。良い機会なので腹が立った勢いで詰問する。

「教授って本っ当に僕のことを人間に戻す気ないですよね？」

「どうした、突然？　なぜそう思う？」

不思議そうに言われ、大変頭にきた。

「なぜ？　なぜって言いました？　じゃあ言いますけど、力を使うとヴァンパイアに近づいちゃうってこと、ずっと僕に黙ってたじゃないですか！　その上で森に連れてったり、図書館や階段から突き落としたり、どう見ても力を使わせてヴァンパイアにしようとしてるでしょう⁉」

「ふむ、さすがに気づいたか」

「頷《うなず》いた⁉　つ、ついに白状しましたね……⁉」

「別にもとから隠すつもりなどない。言ったろう？　お前は私の家族だ」

英国製のロッキングチェアに深く腰掛け、長い脚を優雅に組み替える。

「立派なヴァンパイアに育ててやるから安心するがいい」

「…………っ」

思いっきり頬が引きつった。

何も安心できない。むしろ不安が十割増しだった。やっぱりこの人とは根本的に価値観が合わない。

氷室教授はたまに優しい顔を見せることがあるけれど、きっとそれはヴァンパイアとしての優しさなのだ。油断は禁物、ほだされるなんてもっての外だ。

「でも契約は契約ですよ⁉　貴族は契約主義ですよね⁉　だから教授は僕との契約を破ったら駄目ですよね？　違いますか⁉」

「ほう、貴族の契約主義に言及してくるとは。いい兆候だ。無論、契約は守る。高貴なるヴァンパイアが契約を違《たが》えることは絶対にない」

「だといいですけど……っ」

「疑《うたぐ》り深《ぶか》い奴め。まあ聞け。今日はお前にとって朗報がある」

「？　なんですか？」

　教授は含みを持たせるような間を置いた。

「今回の朧鬼の一件で証明されたが、理緒、お前の血は吸血系のあやかしにとても好まれるようだ」

「は？」

「朧鬼は学園祭の日が近づくにつれて顕在化が強くなるあやかしだった。しかしお前が初めて遭遇したのは一か月も前のことだ。顕在化するには早すぎる。今にして思えば、あれはお前の血に誘われて現れたのだろう」

「え？　え？」

「朧鬼はお前の血を『甘き血』と呼び、ひどく固執していた。私も味わったことがあるから理解できる。理緒、お前の血は百年物のワインのように芳醇《ほうじゅん》なのだ」

「いやいやいや……っ」

　何も嬉《うれ》しくない。本当に嬉しくない。

「おそらくこれからも吸血系のあやかしがお前の血を求めてやってくるだろう。この大学は『人ならざるモノ』の集まりやすい霧峰の土地のなかでも、さらに中心に位置している。喜べ、理緒。お前がエサとなることで吸血系のあやかしが続々と現れ、ヴァンパイアのルーツが判明するかもしれんぞ？」

とんでもないことを言われた。

顔色がどんどん青ざめていくのが自分でわかった。

「あの、一ついいですか？　僕、教授に喜べって言われて、喜べた例《ため》しが一度もないんですが……っ」

頬が引きつり過ぎて、もう筋肉痛になりそうだ。

「教授が僕をハーフヴァンパイアにしたのって、あの夜に受けた傷が手袋で治せないほどだったからだと思ってたんですけど、まさか……違うんですか？　ひょっとして色んな意味で僕をエサにするためにハーフヴァンパイアにしたんじゃないですよね!?」

氷室教授は「ふむ」とあごに手を置いた。

「明言はさけておいてやろう」

「まさか図星……っ!?」

愕然《がくぜん》としていると、突然、研究室の扉が開いた。何かと思って見てみれば、犬の帽子をすっぽり被《かぶ》った、お祭り仕様のリュカが駆け込んでくる。

「やべえよ！　理緒、教授っ、六号館の大教室にろくろ首が出たってよ！　しかもミスコン優勝できるくらい可愛《かわい》らしい！　これもう激ヤバっしょ!?」

「ろくろ首!?　こんな真昼間からあやかしが出たんですか!?」

さすがに驚いて話が逸《そ》れてしまった。

一方、教授は訳知り顔。

「どうやらコウモリたちの情報は正しかったようだな」

ジャケットを翻して勢いよく立ち上がる。

「いくぞ、理緒。ついてこい。私の鞄《かばん》も忘れるな」

「あっ、待って下さい、教授！　話はまだ終わってませんよ⁉」

手ぶらで身軽な教授はとっとと研究室を出ていってしまう。

はぐらかされたようで腹立たしいが、かと言ってろくろ首なんて放ってはおけない。理緒は慌てて鞄を摑《つか》み、追いかける。

すると廊下の真ん中で珍しく教授が待っていた。

「……さっきの問いの答え、お前を眷属《けんぞく》にした理由だがな」

背中を向けたまま、ぽつりと独り言のように。

「お前は――人間だった頃の私に似ている」

「へ？」

「学べ。人は学ぶ生き物だ。その研鑽《けんさん》の先に私はいる」

どういう意味だろう。

しかし訊《き》き返す間もなく、教授は歩きだしてしまう。

「ちょ、ちょっと待って下さいってば！」

犬の帽子を被ったままのリュカも研究室から出てきて、一緒に教授の背中を追う。

結局のところ、理緒はまだ当分人間に戻れそうもない。

しかも力を使うとヴァンパイアに近づいてしまうし、さらにはなぜか吸血系のあやかしに狙われるかもしれないという。

まったくもって問題は山積みだった。

思いきり頭を抱えながら、今日も理緒は氷室教授の助手として駆けまわる——。

〈おわり〉

あとがき

こんにちは、古河樹《ふるかわいつき》です。

子供の頃、小学校の校外学習で満月の観察会というものがありました。先生引率の下、夜の学校にみんなで集まり、望遠鏡で満月を見るのですが、私は当日、風邪を引いてしまって、クラスでひとりだけ参加することができませんでした。

大人になった今でもその時の残念な気持ちは心のどこかに残っていて、あの日に見るはずだった月夜を想像したり、『ちゃんとみんなと過ごしたかったなぁ』としみじみ思っているうちに、主人公の理緒《りお》が形になってきました。

氷室《ひむろ》教授のせいで非日常的な状況に陥っていたり、事あるごとに色んなところから落っことされる主人公ですが、いつかきれいな月夜にたどり着いてほしいなぁと思っておりますので、よろしければぜひ一緒に見守っていただければ幸いです。

さて今回はあとがきを三ページいただいているので、少しだけ本筋から離れた話をさせて下さい。

実は先日、中学生の読者の方からお手紙をいただきました。なかにはご自身で書かれた小説が同封されていて、恐縮なことに私のような駆け出しの作家に感想やアドバイスを求めて下さっていたので、未来の作家さんのお力になれるのならぜひ一肌脱がねばと思ったのですが、よく見たら封筒に住所が書いておらず……。

私の新作が出たらまた読んでいただけるとお手紙に書いてあったので、この場を借りて感想をお伝えできればと思うのです。

未来の作家さんへ。

登場人物の配置がしっかりしていて、それぞれのキャラクターたちの人生観がちゃんと伝わってくる物語でした。続きは私に考えてほしいとのことでしたが、この物語はあなた自身の手で紡いだ方が間違いなくずっとずっと面白くなります。きっと主人公たちもそれを望んでいると思うので、どうか頑張ってみて下さい。いつか本屋さんの棚で一緒に本が並ぶ日を楽しみにしていますね。

それでは本筋に戻りまして、お世話になった皆様へのお礼を。

久しぶりの新作ということで本作は形になるまでかなり難航しまして、担当K様には尋常でないほどお世話になりました。物語が暗礁に乗り上げそうになる度、一緒に展開を考えていただき、K様が辛抱強く付き合って下さらなかったら理緒は間違いなくストーリーの迷宮に迷い込んだままだったと思います。本当にありがとうございました。至らぬ作家ですが今後ともどうぞよろしくお願いします。

表紙イラストは前作の『妖狐の執事はかしずかない』シリーズに引き続き、サマミヤアカザ様が描いて下さいました。サマミヤ様のイラストの透明感が大好きなので、本当に嬉《うれ》しいです。初めて表紙ラフを拝見した時は氷室教授の横顔の美しさに担当K様と思わず大盛り上がりしてしまいました（笑）

いつもファンレターを下さる皆様、デザイナー様、校正様、営業の皆様、書店の皆様、友人夫婦、実家の家族、本作と私に携わって下さった皆様に厚く御礼申し上げます。

そして今このページを読んで下さっているあなた様へ。

本を世の中に送り出すのは何度経験してもなかなか慣れず、発売日前にはいつも不安で不安でどうしようもなくなってしまうのですが、それでも物語の向こう側に読んでくれる誰かがいてくれることを想《おも》うと、胸がぽっと温かくなります。きっとこれが私の人生の支えなのだと思います。ありがとうございます。あなたのおかげで今日も私は頑張れます。

まだまだすれ違ってばかりの氷室教授と理緒ですが、二人の日々を少しでも楽しんでいただけていたらこれに勝る喜びはありません。

それではまたお逢《あ》いできることを祈りまして。

十一月某日　月のきれいな夜　古河　樹

お便りはこちらまで
〒一〇二―八一七七
富士見L文庫編集部　気付
古河　樹（様）宛
サマミヤアカザ（様）宛

富士見L文庫

氷《ひ》室《むろ》教授《きょうじゅ》のあやかし講義《こうぎ》は月夜《つきよ》にて

古《ふる》河《かわ》 樹《いつき》

2021年1月15日　初版発行

発行者　青柳昌行
発　行　株式会社 KADOKAWA
〒102-8177　東京都千代田区富士見2-13-3
電話　0570-002-301（ナビダイヤル）

印刷所　株式会社暁印刷
製本所　本間製本株式会社
装丁者　西村弘美

定価はカバーに表示してあります。

◇◇◇

●お問い合わせ
https://www.kadokawa.co.jp/（「お問い合わせ」へお進みください）
※内容によっては、お答えできない場合があります。
※サポートは日本国内のみとさせていただきます。
※Japanese text only

ISBN 978-4-04-073875-8 C0193